Ser rojo

JAVIER ARGÜELLO

LITERATURA RANDOM HOUSE

Papel certificado por el Forest Stewardship Council®

Primera edición: mayo de 2020

© 2020, Javier Argüello
Casanovas & Lynch Literary Agency, S. L.
© 2020, Penguin Random House Grupo Editorial, S. A. U.
Travessera de Gràcia, 47-49. 08021 Barcelona

Printed in Spain – Impreso en España

ISBN: 978-84-397-3746-9
Depósito legal: B-6.362-2020

Compuesto en La Nueva Edimac, S. L.
Impreso en Egedsa (Sabadell, Barcelona)

R H 3 7 4 6 9

Penguin
Random House
Grupo Editorial

A Omar y a Lolita.
La mar estaba serena, serena estaba la mar.

Así, con el tiempo y casi sin darme
cuenta, el escenario vital de mi infancia
se me fue convirtiendo poco a poco
en un paisaje moral, y así ha quedado
grabado para siempre en mi memoria.

JUAN MARSÉ

Todos los libros tienen una historia. No la que cuentan sus páginas, sino la del propio libro. El día en que fue comprado, el sitio en que lo leímos, la época de la vida en que eso ocurrió. A veces un libro se relaciona con un viaje y recordamos los paisajes y las personas con las que compartimos el tiempo que duró su lectura. Si llega a ser uno de los importantes, a lo mejor pasa a decorar el frente de nuestras estanterías. Ve pasar los años, las mudanzas, el crecimiento de nuestros hijos. Si se lo preguntaran, un libro podría contar la vida de una persona. O al menos una parte de ella. Según el contenido de sus páginas puede haber dejado en nuestra memoria el dibujo de unos personajes que se mezclan con las personas que hemos conocido, o ideas o puntos de vista que cambiaron nuestra forma de ver el mundo. Por esa razón un libro puede ser algo peligroso, un objeto con el que no queremos que se nos relacione por lo que implica haberse visto expuesto a su contenido. Por el solo hecho de poseerlo uno puede estar bajo sospecha. En según qué épocas y en según qué lugares, la gente tuvo que deshacerse de sus libros como quien se deshace de una prueba que lo relaciona con un crimen. En según qué épocas y en según qué lugares, este libro que tiene usted en sus manos podría convertirse en su sentencia de muerte.

Esta historia empieza con un hombre y con un libro. Sentado en la vereda de una calle cualquiera, el hombre ojea el libro que se acaba de encontrar y no piensa en su contenido, sino en sus propietarios. ¿A quién habrá pertenecido? Por el tema del que trata bien pudo haber sido de un sociólogo, como él. O de un estudiante de sociología. Uno de esos estudiantes a los que él mismo daba clase hasta hacía apenas tres días, y que había llegado a Santiago de Chile a hacer un posgrado en sociología política y a participar del momento que se estaba viviendo. Por primera vez en la historia un gobierno marxista había alcanzado el poder mediante elecciones libres, y desde todo el continente habían llegado jóvenes de izquierda para participar, para colaborar. Y habían empezado las reformas. En el campo y en la ciudad. El presidente electo pensaba que había que ir poco a poco, pero sus aliados no querían dejar pasar la oportunidad. Creían que un avance tibio podía debilitar el objetivo y terminar frenando las transformaciones profundas a las que habían sido llamados. El momento había llegado y había que ser valiente, con todos los riesgos que eso supusiera. Finalmente se impuso una única realidad. El presidente fue muerto durante el golpe militar comandado por el ejército. «Nadie tiene nada que temer salvo los comunistas, los delincuentes y los extranjeros», decía uno de los comunicados que la radio transmitía una y otra vez. Y el hombre es extranjero. Y en algún momento militó en las filas del partido comunista. Claro que eso fue en su país y hace mucho tiempo. ¿Tendrían manera de saberlo? Tampoco importa demasiado. La institución en la que trabaja fue tildada de «nido de comunistas» por el gobierno de facto. Con eso basta. Afortunadamente, al tratarse de un organismo internacional, le dieron una patente para su coche que así lo atestigua. En realidad no tiene ninguna oficialidad, pero a los ojos de la policía y de los soldados se confunde con las del cuerpo diplomático. Por eso él puede circular por las calles en horas en las que todos están encerrados en sus casas. Por eso pasó los últimos tres días llevando gente a las embajadas para que, desde allí, intentaran abandonar el país. Las fronteras están cerradas, los aeropuertos vacíos y las cárceles llenas. Tan llenas que habilitaron estadios de fútbol como centros de detención. Cientos de detenidos, la mayoría de los cuales ya no saldrá de ahí. Pero eso el hombre a esa altura no lo sabe. Sí sabe que tiene que sacar a los que pueda. Amigos, compañeros y muchos desconocidos que de algún modo lo han contactado. Al principio tiene miedo. No se niega, pero tiene miedo. Después de los primeros viajes el miedo se va adormeciendo y lleva a todos los que puede. No los puede dejar en la puerta porque las embajadas están vigiladas. Debe dejarlos a media cuadra para que lleguen caminando, como quien no quiere la cosa, y que en una distracción o un descuido se metan para adentro. El hombre los deja a media cuadra y celebra cuando los ve entrar. Algunas embajadas están tan llenas que sólo hay sitio para estar de pie. Nadie se puede sentar, mucho menos recostarse. El hombre celebra cuando los ve entrar, pero no todos tienen tanta suerte. A veces los interceptan por el camino. El hombre traga saliva y va a buscar a los siguientes.

Ya han pasado las primeras horas y la actividad empieza a decaer. Los que han podido salir, salieron. Los que no lo consiguieron ya han sido detenidos. Y la gran mayoría espera en sus casas. ¿A qué? Nadie sabe. Nadie sabe lo que va a venir. Como medida preventiva algunos se han deshecho de sus libros. Se han deshecho de sus libros sacándolos a la calle. En las esquinas, en las veredas, solitarias pilas de libros esperan a nadie. Al camión de la basura. A la lluvia que lave sus páginas. El hombre está cansado —lleva tres noches en vela— pero sabe que no va a dormir. Con su patente de organismo internacional recorre las calles y se detiene frente a esas pilas de libros. Se baja, se sienta en el cordón y se pone a revisar. No tiene ninguna prisa. Separa algunos, deja otros. Luego sigue a la calle siguiente. ¿Una conjura? ¿Una terapia? Lo cierto es que las cosas no siempre tienen un sentido claro. Desde aquí podemos vernos tentados a asignarle significados poéticos o macabros. El hombre simplemente sabe que no va a dormir, y antes de irse a su casa a llorar junto a su mujer y sus hijos, a esperar con un miedo ácido a que llamen a su puerta, decide dedicarse a mirar libros en una ciudad desierta en la que cada tanto se escucha la sirena de una patrulla y en la que ni los perros se atreven a ladrar. Es septiembre en Santiago de Chile y las calles están vacías. El año es 1973 y el hombre es mi papá.

PRIMERA PARTE

1

El avión aterriza en Rusia y me invade una emoción profunda. No la vi venir. De hecho no sé a qué se debe. He llegado para asistir a un festival de cine que se desarrolla en San Petersburgo y que reúne películas de cualquier formato que no sea el largometraje. Hay animaciones y documentales. Yo traje un corto de ficción. Venir a Europa desde Argentina no es algo que uno haga todos los días, así que aprovecho para llegar unas semanas antes y conocer Escandinavia. Visito Oslo en los días sin noche, voy en tren hasta Suecia y recorro los bosques y los lagos. Participo de la fiesta de Midsummer en las islas cercanas a Estocolmo y luego vuelo a Rusia para asistir al festival.

Una mujer de la organización me va a buscar al aeropuerto. Habla muy poco inglés, así que en el trayecto me dedico a mirar por la ventanilla. Poco a poco el campo va dando paso a la ciudad y las casas van creciendo hasta convertirse en edificios, y las calles pequeñas y sin aceras se transforman en anchas avenidas. Me habían dicho que San Petersburgo era una ciudad como de cuento y es verdad, pero es un cuento triste. Los enormes edificios y los majestuosos palacios son grises y están sucios, la gente exhibe un gesto grave en el rostro y los coches y los tranvías son viejos y oscuros y chirrían a cada paso y parece que se fueran a desarmar. El edificio del hotel es hermoso, pero está igual de abandonado que el resto. Mi habitación no tiene cortinas y en esa época la ciudad no conoce la oscuridad. Una nevera, una mesa y una silla completan el escueto mobiliario.

Sin dar tiempo a que me cambie, los de la organización me recogen y me llevan a la ceremonia inaugural. El teatro en el que tiene lugar parece que estuviera en obras. Paneles con cartones escritos a mano anuncian las películas que se exhibirán y a sus autores. Me busco y me divierto intentando leer mi nombre en cirílico: Ксавье Аргуэлло. El director del festival se dirige a los asistentes como un político de pueblo que inaugura un monumento. Tiene el cabello y la barba blancos y parece un tanto desorientado, como si llevara una copa de más. Es cercano, sin embargo, y consigue que disfrutemos de la cadencia de sus palabras. Parece un poco un patriarca que se alegra de ver a la familia reunida. Las mujeres que lo acompañan son hermosas. Los hombres parecen tallados en piedra y tienden a la grandilocuencia al hablar. Cuesta entender la genética que dispuso para ellas semejante delicadeza y para ellos tal tosquedad. En el cóctel que sigue a la ceremonia me mezclo con un grupo que habla en ruso y me limito a sonreír cuando los otros lo hacen. Como no puedo seguir lo que dicen me entretengo con los rostros. Las distancias que separan sus bocas de sus ojos parecen más breves de lo que uno juzgaría adecuado. Para mi sorpresa el idioma tiene un sonido dulce. Nada que ver con la dureza de las erres y de las uves a la que me tienen acostumbrado las películas americanas. Pasa una bandeja con copas de vodka y todos tomamos una. Brindamos y doy un sorbo a la mía, pero al ver que los demás la vacían hago lo mismo. A los tres minutos la situación se repite. A la quinta ronda me tengo que ir a sentar. Los demás mantienen el ritmo durante una hora y media. No puedo creer que sigan de pie y que sean capaces de organizar frases coherentes.

Me dedico a recorrer el edificio. Parece que estuviera abandonado o que sus propietarios hubieran emprendido un largo viaje del que no se sabe cuándo volverán. El suelo está lleno de polvo y el mobiliario está cubierto en gran parte por telas blancas. En un salón vacío me encuentro con un piano. Levanto la tapa y me pongo a tocar la única melodía que conozco: *Gymnopédies* de Erik Satie. Una de las chicas de la organización se acerca y me pregunta si toco el piano en Argentina. La verdad es que no, respondo, ni en Argentina ni en ninguna parte. Vuelvo al hotel andando y con la luz del atardecer empiezo a intuir el señorío de la ciudad en la que me encuentro. Parece ser que era un pantano cuando Pedro el Grande la fundó y a fuerza de tozudez la transformó en la Venecia del norte. Puentes y canales y enormes avenidas y una iglesia ortodoxa con cúpulas de fantasía me hacen caer en la cuenta del lugar al que he llegado. El año es 1997. Hace menos de un siglo Rusia era un país feudal. Hace menos de seis años todavía era la Unión Soviética. La idea de un hombre que trabaja según su capacidad para abastecerse según su necesidad y que no conoce el egoísmo ni la propiedad privada vino a transformar drásticamente aquel panorama rural. Y estalló la revolución y cayeron los zares y se organizaron las comunas. Y los soviets y el politburó. Y el sueño comunista encendió las esperanzas del mundo entero, o al menos de una parte. Y extendiéndose por el mundo cruzó el océano y llegó hasta América, y desde el México zapatista bajó a través de la cordillera de los Andes para encontrarse con la sangre de Tupac Amaru y del Che. Y se extendió por la selva y por el altiplano hasta alcanzar la inmensidad de La Pampa. Una Pampa poblada por gentes venidas de todas partes que habían llegado a la Argentina huyendo del hambre y de la guerra y de distintos tipos de persecuciones. Y entre todos ellos, a un muchacho de un pueblo perdido en la llanura que, recién llegado a la capital y aún deslumbrado por las luces de la gran urbe, oyó hablar de esas ideas y se afilió al partido comunista. Años después el partido lo mandaría a un encuentro de juventudes comunistas en Viena, y en el barco, cruzando el Atlántico, conocería a una joven a la que, con la excusa del festival, sus tías habían enviado a Europa para que viera el mundo. Al volver se casarían y tendrían dos hijos, y ayudados por una beca se irían a vivir a Santiago de Chile justo en el momento en el que la Unidad Popular de Salvador Allende se disponía a instaurar todas aquellas ideas en un país que las había votado. Y en medio de toda esa euforia de sueño cumplido, entre gente descalza que repartía flores por la Alameda, nací yo. De pronto la emoción que sentí cuando el avión tocó tierra en Rusia me resulta menos ajena. Yo no había caído en la cuenta, pero mi cuerpo sí. Llegar a Rusia era de algún modo volver al principio. O a uno de los principios, más bien. De no haber sido por lo que había ocurrido en ese sitio mis padres nunca se hubieran conocido. Y yo no habría nacido en el lugar en el que nací. De pronto lo supe, de pronto tomé conciencia: la historia de mi vida tenía mucho que ver con la historia del lugar al que había llegado.

2

El modo en que mi padre se acercó a la política tiene mucho que ver con la forma del trazado ferroviario de Argentina. Dispuestas por los ingleses, las vías férreas de mi país se despliegan en un abanico que se extiende desde Buenos Aires hacia todos los rincones del territorio. O tal vez sea más correcto decir que desde todos los rincones del territorio se dirigen hacia la capital para confluir en el puerto de Buenos Aires. La única razón de ser de los trenes en Argentina era la de recolectar la producción agrícola y ganadera del interior y sacarla hacia el puerto, donde los barcos –también ingleses– se encargaban de llevarla hasta Europa. Todavía hoy, si uno quiere viajar en tren desde una provincia del interior a la de al lado, el único modo de hacerlo es trasladándose hasta la capital para, desde ahí, tomar otro tren de regreso. La distribución de las estaciones responde al mismo criterio: cada tanto había que fijar un punto de recolección de la producción local para que el tren pudiera recogerla y de paso reabastecerse de agua y de carbón. Alrededor de estos apeaderos fue que nacieron los primeros poblados, cuyos habitantes trabajaban sin excepción en tareas del campo o en alguna actividad relacionada con la casa de comercio que organizaba la actividad de la zona. Azcuénaga, el pueblo de mi padre, era uno de esos villorios, y tenía sólo dos calles. La de adelante, donde vivían las familias que algo tenían que ver con la mencionada casa de comercio, y la de atrás, donde malvivía lo más bajo del escalafón social. Hijo de un asturiano llegado a la Argentina a los nueve años, y de una hija de italianos que vino con su familia a buscar fortuna, mi padre nació en esa segunda calle.

No es correcto decir que la de mi padre era de las familias más pobres del pueblo. Su situación era algo mejor debido a que mi abuelo tenía un puesto de revisor de grano en la casa Terrén —así se llamaba la casa de comercio—, que si bien ofrecía un sueldo miserable, significaba una entrada fija mensual. Los jornaleros, en cambio, sólo tenían trabajo en la época de la cosecha. El resto del año debían arreglárselas durmiendo donde pudieran y viviendo prácticamente de la mendicidad. Esa pequeña diferencia de status bastaba para que mi abuela no dejara que mi padre jugara al fútbol con los chicos de su calle. El pequeño terreno ganado a partir del puesto fijo de mi abuelo era algo que había que ocuparse de hacer notar. Fueron diferencias que a mi padre se le grabaron desde muy temprano. Había, por ejemplo, una niña que le gustaba pero que, al ser la hija del contador de la casa Terrén, él no podía ni soñar en mirar.

La vida en Azcuénaga era monótona y sencilla, sin muchas más aspiraciones que la de la subsistencia. Se trataba de pasar el invierno como mejor se pudiera, completando la escueta entrada de mi abuelo con las pocas hortalizas que plantaban en el jardín y con algún tipo de intercambio que se pudiera conseguir. Las hermanas de mi padre trabajaban como mucamas en alguna estancia de la zona a cambio de techo y comida y de algún extra, como la ropa que los patrones desechaban y con la que mi padre se vestía. Mi abuela era medio curandera —o eso decía— y a falta de un médico de verdad se sacaba un extra tratando el mal de ojo y tirando del cuerito para aliviar el empacho. En verano, con la llegada de la cosecha, la cosa se animaba. Al comienzo de la temporada partía desde el pueblo un convoy arrastrado por una máquina de vapor que avanzaba campo a través sin ningún tipo de raíl que la guiara. Además de la máquina, cuya caldera se alimentaba con la misma paja que iban separando del grano, llevaba tras de sí un carro con agua y herramientas, otro con la trilladora y otro que hacía las veces de cocina. Mi bisabuelo era el cocinero, y uno de los veranos que mi padre recuerda con mayor cariño fue aquel en que le permitieron acompañarlo. Se trataba de un par de meses fuera de casa en los que iban de campo en campo recogiendo la cosecha y colocándola en los carros que la llevaban al punto en el que el tren pasaría a buscarla, una aventura como del lejano oeste, durmiendo al raso entre hombretones robustos que bromeaban unos con otros mientras trabajaban y se desplazaban por la llanura, y que a mi padre le resultaba de lo más emocionante. Sólo tomaban una comida a la mañana y otra a la noche que mi bisabuelo se encargaba de preparar. Y cuando alguno bebía más de la cuenta y se ponía problemático, le tocaba también a él poner orden, ya que como cocinero tenía acceso al único cuchillo del que el grupo disponía.

Siempre que mi padre habla de sus años en Azcuénaga lo hace como si se tratara de la vida de otro. Y en más de una ocasión, de hecho, me lo ha manifestado en esos términos, con cierta incredulidad respecto del modo en que el destino se las arregló para que un chico surgido de un caserío perdido en medio de La Pampa llegara a ser funcionario de las Naciones Unidas. El hecho crucial ocurrió la tarde en que la señora X visitó el pueblo. En Azcuénaga había una pequeña escuelita que llegaba hasta el tercer grado, lo justo para que los chicos aprendieran a leer y a sumar. A mi padre los estudios se le daban bien, y por alguna razón que él no recuerda –y que resulta difícil imaginar, ya que los niños no solían formar parte de la conversación de los adultos–, esa misteriosa señora, al pasar por el pueblo, se fijó en él. Su abuela le explicó que era un buen chico y que le gustaba estudiar, ante lo que la señora X dijo que sería una pena que no lo siguiera haciendo y se ofreció para llevárselo con ella a la capital. La iniciativa no puede haber surgido de la familia de mi padre, ya que no sólo no tenían ningún aprecio por los estudios, sino que ni siquiera tenían noticia de que hubiera más educación formal que la que en el pueblo se impartía, por lo que la única explicación que puede haber es que esta señora desconocida sintió el impulso de hacer algo por este chico a instancias de alguna cosa que debió de ver en él. Eso o alguna misteriosa intervención de la mano que escribe nuestros destinos, como a mi padre le gusta fantasear a veces. El hecho es que, por razones igual de misteriosas, a mi abuela le pareció una buena idea entregar al mayor de sus hijos a esta desconocida, y así fue como, a los ocho años, mi padre dejó su familia y el campo y empezó a forjar su particular camino.

La señora X trabajaba de portera en una casa de acogida para niños pobres en el municipio de Lanús, en la zona oeste de lo que hoy se conoce como el gran Buenos Aires. Era el año 1940 y las hordas de inmigrantes llegaban al puerto de Buenos Aires con la esperanza de hallar un futuro que su tierra les había negado. Polacos tratando de hablar con italianos y españoles a los que muchas veces no les servía el castellano para comunicarse con sus vecinos. La casa de la señora X era una especie de guardería popular en la que los padres dejaban a sus hijos por la mañana y los pasaban a buscar a la tarde al salir de las fábricas. Allí se les daba desayuno, se los llevaba a la escuela, se les daba de comer y de merendar. Junto con la señora X, con su marido y con un hijo algo mayor que la pareja tenía, le tocó vivir a mi padre durante los siguientes tres años. Dormían todos en la única habitación de la que disponían y en la que sólo había dos camas, una para el matrimonio y otra para los dos chicos, que colocaban las cabezas en direcciones opuestas para aprovechar mejor el espacio. Algunas noches la familia salía, y mi padre recuerda el terror que pasaba solo en ese inmenso edificio que de día se llenaba con los gritos de los niños, pero que de noche sólo albergaba a todos los fantasmas que su imaginación pudiera concebir. Mi padre desayunaba, almorzaba, merendaba e iba a la escuela con los demás, pero cuando los otros se iban a sus casas él se quedaba ahí, con la familia que lo había adoptado, intentando complacer en todo lo que pudiera a la mujer que hacía las veces de madre, y que al parecer tenía un carácter bastante fuerte. El marido apenas le dirigía la palabra, y al hijo, como es natural, no le despertaba demasiada simpatía este hermano postizo con el que tenía que compartir la cama y el pan. Terminados esos tres años mi padre volvió al pueblo con la primaria completa y con alguna idea más acabada que su familia acerca de la forma que el mundo tenía. Al poco tiempo mi abuelo se enteró de que un grupo de chicos del pueblo, que también habían completado la enseñanza básica, haría una formación profesional en una sucursal que la afamada academia Pitman tenía en un pueblo cercano. Comprendiendo que era la única oportunidad de que mi padre continuara con su educación, mi abuelo se las arregló para incluirlo en el grupo. Se trataba de cuatro chicos además de él: la hija del contador de la casa Terrén, los dos hijos del jefe de la estación de tren y otro niño que mi padre no conocía pero que debía de ser hijo de alguien importante. Tampoco sabe mi padre de dónde sacó mi abuelo el dinero para cubrir los gastos de la academia y del autobús que cada día debía transportarlos. En el autobús por lo pronto había conseguido un descuento. Mi padre es muy consciente de ello porque el modo en que se enteró lo marcó profundamente. Era un día por la tarde en que hacían el camino de regreso al pueblo e iban bromeando como hacen los niños. El chofer ya les había llamado la atención en un par de ocasiones, y mi padre, que por naturaleza era muy tímido, en esa ocasión dijo algo que hizo a reír a los demás. Vos calláte, Argüello, le advirtió el chofer, que por lo que pagás no tenés derecho a abrir la boca.

Han pasado casi ochenta años desde ese día y, cuando lo cuenta, mi padre sigue arrugando el gesto del mismo modo en que probablemente lo hizo entonces, con todo el dolor de ver expuesta su miseria. Me pregunto qué habrá influido más en sus aspiraciones políticas, si las lecturas de Marx, Durkheim y Weber o el recuerdo del modo en que ese chofer de autobús le robó en una frase toda su dignidad. Un día la hija del contador se apareció por su casa de la calle de atrás para pedirle que la ayudara con la tarea. Mi abuela casi se muere de la impresión ante semejante honor, y le ofreció a la niña todo lo que tenían, aun a costa de alimentarse los siguientes días a puro pan. Tenés que ser muy inteligente para que la hija del contador venga a pedirte ayuda, le dijo luego a mi padre. Pero ni el orgullo que su madre sentía podía lavar la noticia que le había dejado el episodio con el chofer del autobús. Al poco tiempo se abrió en la casa Terrén una vacante para un puesto de ayudante del contador y mi abuelo hizo lo imposible para que se lo dieran a mi padre, el mejor alumno con diferencia. Como era de esperar, el puesto fue ofrecido a uno de los hijos del jefe de la estación. No había ningún futuro ahí para él. Así fue como con trece años mi padre volvió a dejar su casa —esta vez de forma definitiva— para irse a buscar la vida en la ciudad.

3

La historia de la familia de mi madre es muy diferente. No es que fueran especialmente ricos —de hecho la familia nuclear de mi madre pasaba serios apuros para llegar a fin de mes— pero tenían, por parte de mi abuelo, una tradición política e intelectual que hacía que pudieran mirar a la cara a cualquier aristócrata y tratarlo de igual a igual. Dice Stefan Zweig, cuando rememora la historia de su propia familia, que todo el mundo piensa que los judíos tienen como máxima aspiración el dinero y que no es verdad. El dinero, según Zweig, era para ellos un mero medio para alcanzar el estadio siguiente, que es el de la consagración espiritual derivada de alguna ligazón con la alta cultura y con las artes, y que es por eso que en la Viena de principios del siglo XX el teatro y la música proliferaron principalmente gracias al apoyo de la comunidad judía. Eso que Zweig dice de su pueblo es aplicable en realidad a cualquier persona. Hay algo en los círculos del arte y de la cultura que hace que la gente sienta que por un instante se despega de los asuntos mundanos y que los trasciende, y que otorga a quien lo consigue una dignidad similar a la que da el linaje. En ese sentido la familia de mi madre contaba con la tranquilidad de ser una especie de epicentro de la cultura y el arte porteños, los cuales, en los años en que a ella le tocó criarse, tenían poco que envidiar a los de Viena o a los de cualquier otra gran capital.

La familia de mi abuela materna era una familia de catalanes que emigró durante la dictadura de Primo de Rivera. Mi bisabuelo era un empresario teatral anarquista que un buen día vendió todo y subió a su mujer y a sus tres hijos a un barco rumbo a la Argentina. Mi abuela nunca supo a qué se debió ese repentino traslado. No era un momento en el que se pensara que a los niños había que darles muchas explicaciones acerca de lo que los adultos decidían. Un tío de mi abuela que ya estaba en Buenos Aires les consiguió trabajo en una fábrica y allí mismo, en la parte de atrás de la nave que la contenía, fue que vivieron los primeros años. Con el tiempo mi abuela puso un taller de costura y se casó con mi abuelo, un periodista deportivo del diario Clarín que cubría básicamente fútbol y boxeo porque eran las únicas disciplinas en las que un muchacho podía surgir de la nada y llegar a la gloria. Lo que a mi abuelo le gustaba en realidad eran las buenas historias y aquellos que las supieran contar. Por eso es que cada medianoche al salir de la redacción se iba con sus colegas del periódico a los bares de los alrededores a ver a quién encontraban para beber y para charlar y para celebrar la vida y la amistad. Según mi abuela, durante más de quince años vieron amanecer cada día. Según mi madre, se trataba de una casa en la que muchas mañanas había que moverse con cuidado para no despertar a los improvisados huéspedes que se habían quedado a pasar la noche.

Mi abuelo, por su parte, provenía de una familia patricia de la provincia de Corrientes y se había formado en la pasión por historia y la literatura. Digamos que se había convertido en bohemio por opción y que había desarrollado una especial simpatía por aquellos personajes que, surgidos de la nada, habían logrado salir adelante. Su terreno era el deportivo, pero todos aquellos recorridos que habían conseguido burlar las barreras sociales para abrirse camino en la vida —como era el caso de mi padre— lo conmovían por igual. De ahí su simpatía por el comunismo y por el peronismo, tendencias ambas muy alejadas de las ideas propias de la clase en la que se había criado. Tal vez por eso fue que se enamoró de una inmigrante catalana que nunca fue bien aceptada por sus hermanas. Tal vez por eso mi madre hizo lo propio con ese militante comunista surgido de lo más bajo del escalafón social.

Los Mora —la familia paterna de mi madre— habían llegado de Mallorca dos generaciones antes. Parece ser que eran cuatro hermanos, y que todos estaban de una u otra forma relacionados con los oficios del mar. Un día emprendieron juntos el viaje a Sudamérica y por el camino se fueron bajando aquí y allá entre Brasil y Uruguay para no volver a verse. Un abrazo en la pasarela que unía el barco con el muelle, un desearse suerte en la vida, y perderse de vista para siempre. Mi tatarabuelo llegó hasta la localidad uruguaya de El Carmelo y desde ahí empezó a subir por el río Paraná atraído —según me han contado— por la leyenda de que en alguno de sus afluentes podría encontrar oro y plata provenientes del Potosí. Finalmente terminó instalándose en la localidad correntina de Goya, donde tuvo a sus tres hijos. No sabemos si encontró el oro y la plata que buscaba, lo que sí sabemos es que, para cuando mi bisabuelo llegó al mundo, la familia poseía grandes extensiones de tierra y se había convertido en una de las más prominentes de la región.

Mi bisabuelo fue diputado y senador por la provincia de Corrientes en el congreso de la nación. Fue amigo cercano del presidente Alvear –quien más tarde lo nombraría interventor en la provincia de la Rioja– y del presidente Yrigoyen. Cuando el presidente Yrigoyen tuvo que designar un embajador en Brasil, le pidió a mi bisabuelo que le recomendara a alguien de confianza, y éste le sugirió que enviara a su hermano Antonio. El hermano de mi bisabuelo estaba casado pero no podía tener hijos. Así fue que mi bisabuelo le dio a su hija menor para que se la llevara con ellos a Río de Janeiro y la criara como hija suya. La pequeña Lola contaba con cinco años cuando fue regalada a sus tíos, y desde entonces tuvo que empezar a tratar a sus hermanos como primos y a sus padres como tíos. Con el tiempo se casó y tuvo hijos, y estos a su vez tuvieron hijos, inaugurando lo que sería la rama brasilera de mi familia, con quienes tanto la generación de mi madre como la mía –y quizá a instancias de reparar de algún modo esa traumática fractura– mantenemos vínculos muy cercanos.

Mi abuelo era el menor de los hijos del senador, el único hombre y el capricho de las tres hermanas que le quedaron en Argentina. Éstas eran mujeres de carácter que se dedicaron a las artes y a las letras. Eran todas muy hermosas. Lila tuvo pretendientes entre toda la aristocracia y la bohemia porteña. Porocha, la más tradicional, se casó y formó una familia. Y Blanca, en su tercer matrimonio, terminó siendo la esposa del premio Nobel de literatura Miguel Ángel Asturias. Las reuniones en la casa de avenida del Libertador en la que Lila, Blanca y

Miguel Ángel vivían junto a la madre de ellas, contaban siempre con invitados como Nicolás Guillén, Augusto Roa Bastos, Oliverio Girondo o Pablo Neruda, además de pintores y escritores de la escena local y diplomáticos y políticos y cualquier persona relevante que visitara la ciudad de Buenos Aires. Como ellas dos nunca tuvieron hijos, siempre se ocupaban de que mi madre y su hermano estuvieran presentes en las ocasiones en las que había alguien interesante para conocer. Los libros dedicados a mi madre por los escritores más diversos siempre llamaron mi atención cuando, de pequeño, los encontraba en la biblioteca de mi casa. Ella guarda un hermoso recuerdo de sus tías, que la llevaron de viaje a diferentes lugares y que le mostraron una Buenos Aires que de otro modo nunca hubiera conocido. Enorme fue su emoción el día en que los barbudos de Sierra Maestra hicieron escala en Buenos Aires y sus tías la llamaron para que se acercara hasta el hotel Alvear a conocerlos. Mi madre recuerda la impresión que le causaron el Che Guevara y Fidel Castro. Durante días no quiso lavarse la mano con que los había saludado. Junto a ellas y a todo el clan de amigos y allegados pasó los veranos más inolvidables en la casa que la familia tenía en una isla del Tigre, bautizada por su padre como La república de Shangri-la, y en la que Asturias escribió más de uno de sus libros. Fue él mismo quien decretó que en esa república las leyes las redactaran los niños, y organizó la asamblea de la que mi madre, su hermano y sus primos eran los únicos miembros. Las vidas de estas mujeres –las tías de mi madre– eran tan extraordinarias que uno nunca sabía cuándo hablaban en serio y cuándo fantaseaban. Recuerdo consultar con mi madre cuando las oía y que ella me fuera diciendo de qué me podía fiar y de qué no. Normalmente exageraban los recuerdos amorosos, pero cuando hablaban de sus viajes por oriente, de los primeros topless protagonizados por ellas mismas en Saint Tropez o de tomar el té en el palacio de algún emir con leones que se paseaban por el jardín, mi madre me confirmaba que eso de verdad había ocurrido. Fueron estas mismas tías las que, en el año 1959, se ocuparon de que mi madre asistiera al festival de las juventudes comunistas en Viena, no tanto por la cuestión política como por la oportunidad que veían en ello de que la niña conociera Europa. Para mi madre sí que resultaba políticamente importante porque desde pequeña había vivido en una casa muy afín con las ideas que ahí se difundían. Y no sólo en su casa. Todos sus amigos y familiares, toda la gente que conocía, los intelectuales y los artistas que circulaban por la casa de sus tías y a los que había que sumar a toda la rama de republicanos españoles exiliados con los que mi abuela catalana mantenía estrecha relación, muchos anarquistas y comunistas que no tenían dónde caerse muertos, pero también intelectuales como Rafael Alberti, que frecuentaba su casa y la de sus cuñadas, todos compartían, además de sus quehaceres profesionales y sus inquietudes intelectuales o artísticas, ese impulso político que teñía toda la escena y que salpicaba todas las conversaciones, en el que se juntaba la revolución socialista con la defensa de la república española y con la lucha contra el nazismo y el fascismo en Europa, un espíritu de transformación y de renovación que encontraba en la idea del «hombre nuevo» toda su realización y toda su fuerza, un hombre que, a diferencia del que conocemos, entendería que había que ser solidario y no egoísta, que pondría el bien común por encima de su seguridad personal y que crearía el mundo de igualdad y de justicia con el que la humanidad venía soñando hacía generaciones. Sin haber experimentado las diferencias sociales tan de primera mano como mi padre, mi madre creció rodeada de gente que vivía para hallar el modo de solventarlas. Los libros que leían, las películas que veían, las carreras que elegían y las revistas que fundaban tenían como eje la transformación social que estaban llamados a protagonizar. Rusia y más tarde Cuba eran la punta de lanza de un cambio que había llegado para quedarse. Mi madre no conocía a nadie que no trabajara por y para ello, y si lo conocía no le parecía interesante. Podía comprender que hubiese gente a la que la realidad no le dejaba tiempo para nada más que para intentar poner un plato de comida en la mesa, pero los demás, los que podían disponer de algún grado de autonomía, no tenían ninguna excusa para no dedicarlo a la causa. Éramos tan esquemáticos, me confiesa, tan llenos de prejuicios. Para nosotros estaba la gente que participaba activamente en política y la otra, a la que supongo que veíamos como el enemigo al que había que vencer o adoctrinar. Cuando años después se trasladaron a vivir a Chile, mi madre se apuntó a un curso de inglés. Un día la profesora puso como tema de conversación lo que cada uno iba a hacer en las vacaciones y una mujer dijo que ella pensaba dedicarse a hacer mermeladas. Yo la miré y pensé «esta mujer es tonta», recuerda mi madre con una sonrisa. Éramos tan esquemáticos, repite, tan llenos de prejuicios, con lo maravilloso que es hacer una buena mermelada. Con el tiempo mi madre ha llegado a preparar las mejores mermeladas de damasco y de ciruela ácida que jamás nadie haya probado.

4

Cuesta imaginar el momento porque eran circunstancias muy nuevas. Nunca antes había pasado que el mundo entero estuviera lidiando con el mismo tipo de dilema ni que hubiera tenido que enfrentarse a conflictos armados que involucraran a una gran parte del planeta como la segunda guerra mundial o a totalitarismos del tipo de los que se establecieron en Alemania, en Italia o en España. Las ideas habían surgido mucho tiempo antes, pero la posibilidad de instaurar a partir de ellas un orden diferente y real era una novedad absoluta. Rusia 1917 fue la primera ocasión en la historia en que un Estado apostó en su totalidad por organizar la vida en comunas.

Por los días en que yo visité San Petersburgo todo aquello ya había acabado. El experimento comunista había fracasado y en las calles y en las casas podían verse las cicatrices de casi un siglo de contiendas y de penurias. Me han dicho que han acondicionado las casas y que las han pintado con vivos colores y que hoy vuelven a ostentar la grandeza de las épocas prerrevolucionarias. Algo puedo imaginar recordando la imagen del Museo Hermitage, instalado en el edificio que constituía el palacio de invierno del zar, uno de los pocos que por esa época ya había sido restaurado y cuya fachada lucía esplendo-rosa en su sobria combinación de verde y blanco sobre la que se estampaban en dorado vistosos detalles orna-mentales. El resto de las calles sufría el abandono de los sitios en los que las urgencias han impedido que alguien se ocupe del mantenimiento. Recorriéndolas no era di-fícil imaginar al estudiante Raskolnikov paseando por allí, con la cabeza llena de argumentos acerca del libre albedrío y sopesando las ventajas derivadas del crimen que estaba por cometer, ni a las hordas de mano de obra barata que invadieron la ciudad a mediados del XIX tras la abolición de la servidumbre y que posibilitaron los movimientos obreros que dieron lugar a la revolución bolchevique. En las mismas caras de las personas podía leerse el rastro del tiempo y de las disputas. Gente poco dada a la sonrisa que conservaba en el gesto la marca de las guerras, las revueltas y los exterminios, además de la dureza de un clima que en invierno les impedía ver la luz del sol y ante el que optaban por atiborrarse de vodka para aliviar el peso de tanto frío y tanta noche.

Me hice amigo de uno de los chicos que trabajaban en la oficina de prensa del festival. Se llamaba Andrushka. A través de él conocí al resto del equipo y una noche, al acabar la última función, me invitaron a la casa de uno de ellos. Atravesamos la ciudad cruzando por el centro de cada manzana. La ciudad de San Petersburgo tiene en mitad de cada calle un portal por el que se puede acceder al patio interior. Los centros de las manzanas son espacios públicos por los que cualquiera puede transitar, de modo que se puede optar por caminar por las veredas o ir con-tando las manzanas por dentro de los patios. Era como inmiscuirse un poco en la vida de la gente, su ropa colgada, las ventanas con las luces encendidas y las familias que charlaban en torno a la mesa, algún hombre o alguna mujer fumando en la ventana con ese aire de abandono y de vidas fracturadas que transmitía la estampa de toda la ciudad. Durante años las vidas rusas transcurrieron en las cocinas, y uno podía imaginarse a la gente hablando en voz baja de los temas prohibidos, temerosos de que algún micrófono o algún vecino los fuera a delatar.

El departamento al que llegamos también parecía abandonado. Era enorme pero sólo una parte estaba habilitada. El resto se encontraba literalmente en ruinas. En un gran salón había un piano que una de las chicas se puso a tocar. Al rato salimos de nuevo a las calles y llegamos hasta la orilla del Neva justo cuando los puentes empezaban a elevarse para dejar salir los barcos hacia el mar. Enormes trozos de calle que se levantaban con las farolas encendidas. Había dos de las azafatas del festival que se llamaban Olga, una rubia y la otra morena, y cuando llegamos a la orilla del río me dijeron que había una tradición que decía que, si al elevarse los puentes uno estaba en medio de dos chicas que tenían el mismo nombre, tenía que dar tres vueltas sobre sí mismo y pedir un deseo que se cumpliría. Recuerdo que lo que pedí fue que eso no se terminara, pero ni en el pedido ni en el deseo había una definición muy clara de lo que era «eso». Creo que tenía que ver con la posibilidad de recorrer el mundo, de ver a la gente y de charlar con ella para poder entender, en la diferencia, los propios supuestos y los propios prejuicios, y ampliar así un poco las miras. Las ropas con las que se vestían hubieran sido consideradas ochentosas en el hemisferio del que yo venía. La música que escuchaban, las formas de relacionarse, todo me parecía familiar pero atrasado, como si a la moda y a las tendencias les tomara diez años atravesar el muro para llegar hasta ahí, una frontera simbólica que al mismo tiempo los protegía de lo que en Occidente ya había empezado a pasar. A veces me parece que los ochenta –en los que esa gente todavía vivía por más que el año fuera 1997– fue el último tiempo de optimismo que llegamos a respirar. Las películas y la música parecían reflejarlo. Una ingenuidad y una esperanza que a partir de los noventa ya no se volvió a dar. Con el tiempo he llegado a pensar que la caída del muro en 1989 fue un símbolo de todo lo que se venía. Hasta ese momento, y más allá de las ideas que cada uno defendiera, había dos opciones en el mundo. Al menos a nivel simbólico la gente convivía con la sensación de que existía una alternativa. A partir del derrumbe del mundo comunista, y más allá de las simpatías que a cada quien pudiera despertarle, sólo quedó un único camino, el del capitalismo que, sin ningún rival, se erigió como nuestra única posibilidad de futuro. Los hechos y la experiencia habían demostrado que los seres humanos no estábamos en condiciones de aspirar a algo mejor. Y las películas que hasta entonces trataban acerca de chicos y chicas que alcanzaban la felicidad a través de un triunfo deportivo o de la compañía del ser amado se convirtieron en historias de seres suspicaces que en la persecución obsesiva de sus anhelos hallaban su propia destrucción. Y la música, que hasta entonces había sido inocente y celebrativa, tomó un giro hacia lo melancólico y lo neorromántico, con cantantes pálidos que vestían de negro y que no parecían albergar demasiadas esperanzas acerca de que el mundo fuera a mejorar. En

San Petersburgo aún no era así. La desazón que padecía Occidente en el fin del milenio aún no había cruzado la cortina de hierro. Ellos tenían otra desazón, una propia y muy distinta. Pero en algún punto depositaban también cierta esperanza –mezclada con una buena cuota de temor bien fundado– en la alternativa que, de forma inminente, los estaba por alcanzar.

Recorrí las calles. No fui a los museos. No suelo ir a los museos cuando estoy en una ciudad desconocida. Si tengo ocasión de ver a la gente en su vida cotidiana todo lo demás pasa a un segundo plano. Rostros serios, en general. Músicos callejeros que más parecían obreros de una fábrica que otra cosa, con tupidos bigotes al estilo Stalin y dedos mucho más gruesos de lo que cualquiera juzgaría adecuado para empuñar un instrumento. Señoras octogenarias que exhibían en sus rostros la dureza y el descreimiento de quien ha visto a los humanos cambiar de dirección muchas veces para seguir siendo los mismos. Al mediodía comíamos en una especie de club con un enorme salón que la gente del festival no llenaba ni en una cuarta parte. Daba le impresión de que había en San Petersburgo montones de recintos destinados a grandes eventos que hacía muchos años que ya no acontecían. A veces comía por mi cuenta en algún bar o en algún mercado, pero no era fácil moverse solo porque allí nadie hablaba nada más que ruso y no se mostraban muy dispuestos a intentar salvar el obstáculo idiomático, al punto de que en determinado momento decidí que lo más práctico era empezar a hacerme pasar por sordomudo. Lo hacía principalmente para sortear la brecha comunicativa, pero la estrategia tenía la ventaja de que los tenderos, al no saber de dónde era, tendían a cobrarme el precio local. Sólo entonces comprendí que en cada bien y en cada servicio había una tarifa distinta para los que no éramos de ahí. Entraba por ejemplo a una rotisería y sin abrir la boca apuntaba lo que quería que me vendieran —un trozo de queso, un poco de pan— y cuando el dependiente me decía el precio yo tenía que concentrarme en hacer como que no lo escuchaba. En alguna ocasión llegué a hacer el gesto de apuntar hacia mi oído y negar con la cabeza, y hasta que el otro no se decidía a escribir el número en un papel yo no me dignaba a sacar el dinero para pagar. Por supuesto que la mayor parte de las veces sospechaban del engaño, pero no es sencillo acusar a alguien que se presenta como sordomudo de no serlo: ante la remota posibilidad de estar equivocándose, la mayoría se decantaba por no arriesgar.

En alguna ocasión vi un coche caro. Lo que luego empezó a conocerse como la mafia rusa por ese entonces recién empezaba a asomar. Al llegar la perestroika muchas de las fábricas del Estado pasaron a transformarse en cooperativas dirigidas por los propios obreros, y la mayoría quebraron, ya que los trabajadores sabían cómo hacer su trabajo pero no cómo dirigir una empresa. La gente que tenía algo de dinero aprovechó entonces para hacerse con fábricas a precios irrisorios, y una vez que las echaron a andar comenzaron a edificar pequeños imperios que al cabo de los años terminaron haciéndolos salir a comprar compañías y equipos de fútbol por el mundo entero. Por ese entonces el fenómeno aún estaba en ciernes. Más allá de algún coche de lujo, de algún club para gente rica y del llamado que cada noche recibía en mi habitación de hotel ofreciéndome «a beautiful Russian girl», aún se respiraba sobriedad y una cierta escala humana en la órbita socialista. Los mercados tenían la mercadería justa, los escaparates no brillaban ni cubrían las avenidas, los bares expendían bebidas sin preocuparse del diseño y la gente se vestía con ropa que se limitaba a abrigar y dar aspecto de persona decente, sin grandes aspavientos ni accesorios superfluos, una visión que más allá de la grisura y en comparación con la frivolidad y el exhibicionismo del que yo provenía, transmitía al espíritu una cierta sensación de paz. En muchas de las plazas había mercados espontáneos donde se podían comprar artículos militares y prendas de vestir del extinto régimen. Instrumental de submarino, cuchillos de supervivencia, brújulas y barómetros. Y prendas de ropa y cascos y sombreros. Yo me hice con una camiseta de la armada rusa a rayas celeste y blanca hecha de un algodón tan apretado que casi no dejaba pasar la lluvia. Por las noches en más de una ocasión me encontré con cuadrillas de mujeres —por alguna razón siempre eran mujeres— sucias de alquitrán y muy fornidas, que se dedicaban a reparar las vías del tranvía. La imagen hacía pensar en los trabajadores de una mina o en oficios industriales que en las ciudades modernas ya no estamos acostumbrados a encontrar. En una céntrica esquina de la Nevsky Prospect vi unas obras que la gente contemplaba con alarmada curiosidad. Le pregunté a Andrushka y me dijo que se trataba de uno de los primeros McDonald's que abrirían en la ciudad. Me invitó a que me girara para ver el muro de enfrente. Un grafiti lo cubría con la M amarilla de McDonald's sobre fondo rojo. Debajo podía leerse: «McLenin's: The party is over».

5

Lo primero que hay que entender, me dice mi padre, es que el partido se regía por lo que se llamaba el centralismo democrático. Yo empecé a ir a las reuniones y entendí bastante rápido que efectivamente era muy centralista, pero que de democrático tenía poco. Estaba el secretario general, que dependía directamente del comité central en Rusia, y desde ahí bajaban ramas que se iban bifurcando hasta llegar a un delegado de la facultad al que nadie había elegido: era el que era y si no te gustaba te jodías. La cosa era tan rígida que si a un tipo lo desafiliaban teníamos orden de no volver a hablarle. Un día hubo una votación en el centro de estudiantes y nos fue pésimo –en general nos iba pésimo– y cuando el delegado tuvo que hacer el informe puso que «en la facultad estábamos logrando grandes avances», lo cual era absolutamente falso. Ahí yo ya empecé a sospechar que todo eso era un poco raro.

La facultad a la que mi padre se refiere es la facultad de derecho de la Universidad de Buenos Aires. Fue allí donde su contacto con la política se hizo efectivo. Pero tal vez convenga explicar primero cómo fue que supo que la universidad existía.

En su segunda llegada a la ciudad, y gracias al diploma que le habían dado en la academia Pitman, mi padre consiguió trabajo de cadete en un estudio jurídico. Había otros jóvenes mayores que él que también trabajaban ahí, y un día, oyéndolos hablar, escuchó que uno le decía a otro «apurémonos que vamos a llegar tarde a clase». «Éstos están peor que yo —pensó mi padre—, porque tienen unos cuantos años más y todavía van al colegio.» Un día se animó a preguntar y entonces se enteró de que luego de la escuela primaria había una escuela secundaria. Y que luego incluso se podía ir a un sitio que se llamaba «universidad» donde la gente estudiaba para ser arquitecto o ingeniero. Sin saber lo que eran ninguna de esas cosas, mi padre hizo el secundario nocturno y cuando lo terminó se apuntó en Derecho, más que nada porque al estar trabajando en un estudio jurídico era la única profesión que conocía. A mitad de la carrera de Derecho entendió que lo que le gustaba era la sociología, pero terminó lo que había empezado y después, trabajando de abogado, se dedicó a convertirse en sociólogo.

La época universitaria fue el momento en que mi padre accedió al conocimiento académico y a la militancia política. Entre códigos legales y asambleas estudiantiles fue que terminó afiliándose a las juventudes comunistas. Al principio no estaba muy convencido porque era muy tímido y no le gustaba atarse mucho a nada, pero poco a poco se fue haciendo amigos que le empezaron a hablar del tema y a pasarle libros y terminó cediendo. Si te digo la verdad, me confiesa, yo creo que lo que me predispuso bien fue mi falta de prejuicios. En un pueblo como del que yo venía, al que no llegaba ni el diario —y al que si hubiera llegado tampoco habría habido casi nadie que lo supiera leer– la política consistía básicamente en enterarse de a quién apoyaba alguien al que uno respetaba y votar siguiendo su ejemplo. La mayor parte de las veces el patrón para el que uno trabajaba. A mi abuela Juana, por ejemplo, una mujer analfabeta de las que hacían pis de pie en medio del campo levantándose un poco la falda, un día le preguntaron por quién iba a votar y dijo que por los comunistas, porque si yo andaba con ellos debía de ser gente buena. Entre las clases medias si un muchacho decía que estaba con los comunistas la gente se asustaba. El comunismo siempre dio un poco de miedo. En las ciudades los pobres votaban a Perón porque alguien les había dicho que era el que se ocupaba de ellos. La clase media lo odiaba porque hablaba de igualdades que no estaban dispuestos a asumir, pero cuando vieron que les daba servicios públicos casi gratis empezaron a mirarlo con más cariño. De hecho si Perón ganaba las elecciones con un sesenta por ciento de los votos era porque tenía el apoyo de la clase media. Pero los comunistas eran otra cosa. Eran tipos peligrosos que hablaban contra la propiedad privada y que te podían sacar lo que tenías. Para mí eso no era un peligro porque no tenía nada y por lo tanto no había nada que me pudieran sacar. En casa, cuando dije que me había afiliado, no creo que entendieran mucho. No te metas en líos, fue todo lo que me dijeron.

La militancia por ese entonces era bastante inocente. Se trataba básicamente de inscribir a otros, de vender revistas del partido y de llevar a cabo todo tipo de actividades tendientes a la difusión para conseguir adherentes y ojalá afiliados. A veces tocaba ir a repartir volantes. Mi padre me cuenta que iban en parejas, simulando ser novios, y mientras caminaban abrazados por la calle dejaban caer los panfletos. Después del golpe del cincuenta y cinco el partido inició una escuela de «cuadros», que eran como futuros dirigentes en potencia, y por la facultad de Derecho eligieron a mi padre y se lo llevaron a las sierras de Córdoba para que recibiera clases y adoctrinamiento. Ahí sí la cosa ya era clandestina y había orden estricta de no interactuar con nadie. Por la mañana hacían ejercicios y antes de empezar las actividades se iban a bañar al río. Un día mi padre se olvidó el bañador y se le ocurrió bañarse desnudo, por lo que lo sancionaron con unas cuantas guardias. Eran muy estrictos, recuerda, muy moralistas. Cuidaban mucho por ejemplo que no hubiera romances entre compañeros y compañeras. Pero detrás de toda esa rigidez había una idea que era la de que, por encima de los individuos, estaba la organización. En otros partidos había más egos, más personalismos, ahí lo que importaba era la estructura, y eso es algo que mi padre aún valora como positivo.

En la facultad había tres grandes fuerzas que luchaban por el control del centro de estudiantes: los Humanistas, que eran de derecha, la Agrupación Reformista Democrática, que era de centro, y el MUR, que era más de izquierda. Pero también había otros grupos más pequeños como la Alianza Libertadora Nacionalista, que era un grupo de extrema derecha, de tendencias filonazis, que un día decidió que se iba a tomar la facultad. Los integrantes del centro se prepararon para recibirlos y a mi padre le tocó defender la única entrada que quedaba desprotegida, que era la de un garaje. Cerramos las puertas y pusimos unas mesas acostadas para que no pudieran pasar, me explica, y nos llevamos palos y piedras por si la cosa se ponía fea. Como a las dos de la mañana percibimos movimientos y empezaron a llover piedras y nosotros empezamos a responder. Así nos pasamos un rato hasta que de repente se empezaron a escuchar detonaciones. Alguien dijo que no tuviéramos miedo, que eran balas de fogueo, y decidimos hacerle caso. Seguimos tirando piedras durante un rato y los otros siguieron respondiendo hasta que en un momento se cansaron y se fueron. A la mañana, cuando empezó a clarear, nos dimos cuenta de que encima de nuestras cabezas estaba lleno de agujeros de bala.

Mi padre nunca simpatizó con la lucha armada. Creía en las ideas –de hecho aún lo sigue haciendo– pero no en defenderlas de esa manera. Ni siquiera cuando años después tuvimos un campo quiso dejar entrar armas en la casa. Apenas una escopeta para el puestero y un revólver que, después de mucha insistencia, me dejó tener a mí y del cual me deshice con el tiempo. Para él la política fue siempre una herramienta para pensar el mundo, para analizarlo y para intentar dar con las mejores formas de organizarlo, pero nunca una excusa para llegar a la violencia.

El proceso por el que las ideas de izquierda fueron ocupando sus pensamientos coincidió con el momento en que empezó a vivir la ciudad. Mis abuelos por ese entonces ya vivían en el partido de Lomas de Zamora, en el gran Buenos Aires, en una casa que no reunía las condiciones para que mi padre pudiera sentarse a estudiar. Se levantaba, desayunaba, y se tomaba el tren al centro, y leía en la biblioteca de la facultad o –como empezó a ocurrir cada vez más a menudo– en los bares de la calle Corrientes. A la noche, al salir de clase, los mismos bares servían de escenario para charlas políticas y filosóficas a las que mi padre empezó a aficionarse. La parroquia la conformaban algunos estudiantes, otros tantos personajes anónimos de la noche porteña y un puñado de librepensadores, gente preparada que en general estaba a cargo de la tertulia y a los que a mi padre le encantaba escuchar, hombres preocupados por la realidad que se estaba viviendo, por momento del país y por el futuro del mundo, que sabían de literatura y de política y de las diferentes corrientes filosóficas que estaban delineando el panorama intelectual y moral del planeta. Curiosamente, y salvo excepciones, casi no se bebía. Simplemente se dedicaban a tomar café y a charlar hasta bien entrada la madrugada. Fue en esas charlas donde mi padre conoció a filósofos como Raúl Sciarretta, a sociólogos como Juan Carlos Portantiero y a poetas como Miguel Ángel Bustos.

Miguel Ángel era muy buen poeta y un gran tipo, pero era bastante loco, recuerda. Con el tiempo nos hicimos muy amigos y muchas veces que no llegaba a agarrar el tren para volver a Lomas de Zamora me quedaba en el pisito que él tenía en el centro. Como era poeta y era pintón, tenía bastante éxito con las mujeres, y en un momento se puso de novio con una actriz de teatro bastante conocida que se llamaba Beatriz. Un día que mi padre estaba cenando en casa de mi madre, llamó Miguel Ángel y sin preámbulos le anunció que había matado a Beatriz. Mi padre se quedó helado. Le dijo que no se moviera de su casa, que salía para allá en ese mismo momento. Al llegar encontró a Miguel Ángel visiblemente alterado y hablando de forma inconexa, y mientras lo escuchaba iba recorriendo el departamento a la espera de encontrarse de un momento a otro con el cuerpo de Beatriz tirado en algún rincón. Pero por más que daba vueltas –el sitio era muy pequeño– no encontraba ningún cadáver, y entonces empezó a entender que había habido una discusión, que quizá hasta habían llegado a empujarse un poco, pero que nadie había matado a nadie. Miguel Ángel, sin embargo, no sintió la necesidad de dar una explicación al respecto.

La casa de tu madre era un despelote, me dice mi padre. A partir de los republicanos españoles por el lado tu abuela Lola y de los artistas y escritores que llegaban por el lado de tu abuelo Juan y de sus hermanas, siempre había gente muy curiosa. Cualquiera que aterrizaba ahí tenía un plato de comida y un lugar para dormir. A través de un pintor de apellido Pastor, que tenía una hija muy linda, apareció un día un novio de esta chica que se presentó como un noble italiano y que se hizo muy amigo de Miguel Ángel. Un día decidieron que iban a viajar juntos por América Latina para empaparse de primera mano de la realidad social del continente. Salieron de Buenos Aires y Miguel Ángel no tenía ni para el primer colectivo. A la altura de Bolivia, el italiano –que era noble pero no boludo– le dijo que iban a tener que ver cómo hacer con el tema de la plata porque él no podía costearlo todo. «Te miro con estupor –le respondió Miguel Ángel–, entre caballeros no hablamos de dinero.»

Al cabo de algún tiempo mis padres se instalaron en un departamento cerca del jardín botánico. Se trataba de un estudio ubicado en la última planta de un viejo edificio del barrio de Palermo, un sitio pequeño pero luminoso en el que tenían un canario al que, cuando estaban en casa, dejaban suelto para que pudiera volar libremente. En cierta ocasión vino de visita Miguel Ángel Bustos, y mientras charlaban, mi madre empezó a notar que a él no le hacía demasiada gracia que hubiera un pájaro suelto por la casa. Entonces le dijo a mi padre que mejor guardara el canario en la jaula, a lo que Miguel Ángel respondió con alivio: «Ah, ¿había un canario?».

Miguel Ángel sufría episodios que a veces lo hacían dudar del grado de realidad de lo que veía. Se lo ha incluido en la lista de poetas malditos de la época, y parece que eso le diera un aura romántica y de misterio, pero lo cierto es que una afección de ese tipo supone una pesada carga para el que la padece y nunca ve nada romántico en ella, por más que en ocasiones pueda sublimarla en forma de poesía o de cualquier otro modo de expresión artística. Miguel Ángel Bustos militó con mi padre en el partido comunista y después se pasó al PRT, el Partido Revolucionario de los Trabajadores. Muchos de los compañeros de esa época desaparecieron con la dictadura. Algunos habían entrado en la guerrilla, como Roberto Quieto, que era un empleado bancario al que mi padre y sus compañeros afiliaron «porque era un buen tipo y tenía ideas progresistas». Con el tiempo se pasó a la lucha armada y terminó convirtiéndose en un famoso dirigente montonero. Una tarde en que se dejó ver por una playa de la zona norte de Buenos Aires lo detuvieron y lo asesinaron. La excusa oficial de la dictadura era que se trataba de una guerra que estaban librando contra los montoneros y otros grupos armados, pero fue una época muy confusa. Algunos eran guerrilleros como Roberto Quieto, otros eran poetas como Miguel Ángel Bustos. A veces incluso mataban a alguien sólo para robarle sus cosas. Le inventaban actividades ilegales y se quedaban con sus bienes. Fue una época muy loca, recuerda mi padre, sólo por estar en la libreta de direcciones de alguien ya te podían liquidar. Miguel Ángel desapareció en mayo del setenta y seis. Una noche lo fueron a buscar a su casa, encerraron a su mujer y a su hijo en la habitación contigua, y después de destrozarlo todo, se lo llevaron. Nosotros ya estábamos en Chile cuando pasó, si no probablemente no estaríamos acá charlando, me dice mi padre y se queda en silencio, no sé si pensando en su amigo o en la suerte que podríamos haber corrido.

6

Por los días en que tuvo lugar el festival de las juventudes comunistas en Viena mi madre era alumna de la facultad de arquitectura de la Universidad de Buenos Aires. Tenía un novio que estudiaba medicina que no le interesaba demasiado y del que se separó poco antes de viajar. Durante el día trabajaba en el centro cultural argentino-búlgaro, una institución fundada por cinco mujeres judías y comunistas que organizaban muestras y homenajes diversos que mi madre se ocupaba de materializar. Iba de aquí para allá con la máquina de escribir a cuestas, sin una oficina fija por temor a los allanamientos, y de algún modo sentía que aportaba su granito de arena a la difusión de la cultura de uno de los países de la órbita socialista. Por las tardes iba a la facultad de Arquitectura, donde, además de asistir a clase, era miembro activo del centro de estudiantes. Cuando se presentó la posibilidad de viajar al festival, el centro decidió enviar al delegado, pero aceptó que fueran también otras dos personas, entre ellas mi madre, siempre que se pudieran costear los gastos.

Por esa época Miguel Ángel Asturias vivía ya en Buenos Aires con tía Blanca y los dos hijos de él, Miguel y

Rodrigo. La situación de estos chicos era algo incómoda en esa ciudad ajena en la que no conocían a nadie y en la que tenían que convivir con este padre al que apenas habían tratado y con esta mujer que no les hacía demasiado caso. Con la intención de estrechar lazos con su nueva familia política, se decidió que el hermano mayor de mi madre, Manolo, fuera con Rodrigo a la edición del festival que se celebró en Moscú en el cincuenta y siete, y que mi mamá y Miguelito hicieran lo propio dos años después. Miguelito por ese entonces era casi tan joven como ella, me cuenta mi madre, y no estaba demasiado claro quién tenía que cuidar a quién. Rodrigo, por su parte, con el tiempo fue radicalizando sus ideas. Más impulsivo que su hermano y quizá más enojado con la fractura que el exilio de su padre había producido en sus vidas, años después terminaría convertido en un alto cargo de la guerrilla guatemalteca conocido como Gaspar Illom, el nombre de combate que se puso en honor a uno de los personajes de un libro de su padre. Pero eso sería más adelante, cuando las imprecisas búsquedas de sus respectivas identidades los obligaran a encontrar formas concretas de encauzarlas. Por ese entonces no eran más que un grupo de jóvenes entusiastas que, desde distintos lugares y con motivaciones muy diferentes, soñaban con las ideas de la justicia social y del hombre nuevo. Asistir al festival se aparecía así como un hipnótico horizonte desde el cual incluirse en el devenir de ese inevitable avance. Tía Blanca le habló a mi madre de un anillo que su abuela le había dejado en herencia y que si ella quería podían vender para cubrir los gastos del viaje. Mi madre accedió encantada. ¿Qué importancia podía tener un pequeño anillo al lado de la posibilidad de conocer Europa y de charlar con jóvenes idealistas venidos de todas partes del mundo? Un par de meses antes de partir mi madre empezó a ir cada semana a casa de sus tías para que la instruyeran acerca de lo que iba a ver. Ellas sabían absolutamente todo de la historia y el arte del viejo continente, al punto de que, cuando mi madre llegó a Florencia, sentía como si ya hubiera estado ahí y los Médici fueran una familia amiga. Así, entre reuniones preparatorias con los estudiantes que asistirían al festival y estas improvisadas clases de historia del arte, a sus dieciocho años mi madre se vio embarcada en un transatlántico rumbo a Europa.

Mi padre, por su parte, fue enviado por el partido, aunque no precisamente porque la cúpula así lo hubiera dispuesto. El candidato natural era el presidente del centro, pero lo cierto es que nadie lo quería mucho y cuando llegó el día de la asamblea la gente manifestó su disconformidad y alguien propuso a mi padre. Se armó todo un revuelo porque la orden del partido era que fuera el presidente, y se improvisó una votación en la que mi padre resultó ganador. A la luz de esta circunstancia la cúpula se retiró a deliberar y al volver dijeron que como excepción se había decidido que fueran los dos, pero que los fondos sólo se destinarían a pagar el pasaje del presidente. Probablemente lo hacían con la esperanza de que mi padre no contara con los recursos para pagarse el suyo, lo cual era absolutamente cierto, pero los compañeros se empeñaron en que fuera a cualquier precio y organizaron rifas y bailes para reunir el dinero. Así, un poco en contra de los designios del partido, mi padre partió hacia Viena.

Por esa época mi padre tenía una novia que lo fue a despedir al puerto. Un par de días antes habían decidido, a modo de despedida, pasar una noche juntos en un hotel del centro. Ella mintió a sus padres respecto de donde dormiría y él ni siquiera se molestó en avisar en su casa porque era bastante frecuente que no llegara a dormir y estaba seguro de que nadie lo extrañaría. Por alguna razón la familia de ella contactó con la amiga que hacía de tapadera y supo que la chica no había dormido donde había dicho. Llamaron a los padres de mi padre, y al ver que ellos tampoco tenían noticia de la pareja, todo el mundo empezó a temer lo peor. Ya empezaban a ser frecuentes las detenciones ilegales en Argentina y dos militantes comunistas que de pronto se esfuman en el aire no hacían presagiar nada bueno. Afortunadamente el misterio se resolvió a las pocas horas cuando mi padre y su novia aparecieron relajados y sonrientes en el edificio de la facultad.

La novia de mi padre no viajó al festival y eso posibilitó el hecho de que él y mi madre se conocieran. Las versiones difieren al respecto. Mi madre dice que ya se habían visto en las reuniones preparatorias que las juventudes comunistas organizaban en los meses previos al festival y mi padre afirma que todo ocurrió en el barco. Ambos coinciden en que el encuentro definitivo se produjo en cubierta un par de jornadas después de haber zarpado. En su afán por alcanzar el nivel cultural que su formación le había negado, mi padre se había autoimpuesto un riguroso programa de lecturas que incluía, además de las obras fundamentales del pensamiento y la filosofía contemporáneas, algunos clásicos de la literatura como la *Odisea* y el *Quijote*. En ese momento le tocaba el turno a Walt Whitman. Leyendo en una reposera de lona, con un pullover de cuello alto y unas gafas de pasta a las que les faltaba una patilla, lo encontró mi madre una tarde. Según mi padre esa imagen de romántico solitario que leía a Walt Whitman con las gafas rotas le ha de haber resultado irresistible. Según mi madre lo que le despertó fue más bien una gran ternura. Sea como fuere, a partir de aquel día los paseos de ambos por cubierta empezaron a hacerse más frecuentes, y una noche que llegaron tarde a la cena, sus compañeros improvisaron una cancioncita que decía «la mar estaba serena, serena estaba la mar, Omar está con Lolita, Lolita está con Omar». En la primera escala que hicieron en Río de Janeiro, mi padre escribió a su novia para decirle que la relación se había terminado.

El barco en el que viajaban era bastante calamitoso. Ya estaba planeado que, al regreso de ese último viaje, fuera a parar directamente al desguace. La delegación argentina estaba formada por unos doscientos jóvenes, entre estudiantes, artistas, obreros y campesinos. Mi padre se hizo amigo de un dirigente obrero que se llamaba Julio Priluka, un tipo simpatiquísimo y muy seguro de sí mismo alrededor del cual se formó un grupo de diez o doce que pasaban el rato juntos. Siempre que se cruzaban por los pasillos Julio Priluka le preguntaba un poco en broma y un poco en serio: «¿Qué has hecho hoy por la revolución latinoamericana?». Durante el día había reuniones y charlas de adoctrinamiento en las que se hablaba de lo que era el partido y de lo que era la Unión Soviética y de lo bien que allí se vivía y de otro montón de cosas que con el tiempo se fueron descubriendo falsas o, en el mejor de los casos, exageradas. Se cenaba entre las siete y las ocho de la noche y la gente no se iba a dormir hasta bien entrada la madrugada, con lo que hacia la medianoche el hambre empezaba a apretar. Dirigidos por Julio Priluka mis padres participaban de las expediciones clandestinas que se organizaban a la cocina para dar cuenta de los restos de la cena o hacerse unos huevos o una pasta y volver a cenar.

Muchas veces he intentado hacerme una idea de cómo sería esa nave que cruzaba el Atlántico cargada de jóvenes idealistas que viajaban con toda la ilusión de los que se saben protagonistas del momento que les toca vivir, esa sensación de esperanza y de que todo es posible tan característica de los años de juventud. Lamentablemente no hay imágenes de ningún tipo y sólo tengo las que mi imaginación ha construido a partir de los relatos que he podido escuchar. La actividad a bordo era febril tanto de día como de noche. La gente leía, soñaba, se enamoraba y cantaba canciones que daban cuenta de su fe en el futuro y en la humanidad. Algunos se ejercitaban en cubierta e incluso en alguna ocasión que las condiciones meteorológicas lo permitieron llegó a armarse algún partido de fútbol. Por esos días se enteraron de que al llegar, y entre otras muchas actividades, la organización había planificado un torneo de ese deporte que se disputaría entre las diferentes delegaciones de los diferentes países, y hubo que ponerse a armar un equipo. Como no había un lugar donde entrenar apropiadamente, el que se ocupó de conformarlo fue apuntando a los aspirantes en las posiciones que decían que jugaban sin tener la más mínima idea del nivel que poseían ni de la veracidad de sus palabras. Cuando llegó el día del debut no tenían la equipación adecuada y tuvieron que prestarles zapatos, pantalones cortos y camisetas. El primer partido fue contra Austria, la delegación anfitriona. Julio Priluka, que había confesado a mi padre no haber pisado jamás un campo de fútbol, arrancó de titular, claro síntoma de la debacle que se avecinaba. A los cinco minutos perdían dos a cero. El chico que defendía el arco demostró no haberlo hecho en su vida. Bastaba que la pelota fuera entre los tres palos para que el tanto subiera al marcador. El equipo pidió tiempo muerto para intentar reorganizarse y alguien le dijo al arquero que mejor fuera de wing derecho, que era uno de los puestos más intrascendentes y donde sus deficiencias podían hacer menos daño. Cuando se desarmó la reunión, el chico se acercó a mi padre y le preguntó: «Omar, ¿dónde queda el wing derecho?».

El partido terminó dieciocho a dos en favor de los locales y mi padre confiesa no tener la menor idea de cómo fue que consiguieron marcar esos dos goles. Poco importaba de todos modos el resultado deportivo. Flotaba en el aire un sentimiento de victoria que volvía anecdótica cualquier humillación como la que ese día tuvieron que soportar.

7

El festival era un conjunto de actividades maravillosas, me dice mi madre. Música, espectáculos, teatro, exposiciones. Te levantabas y te ibas a la sede de la delegación argentina para ver para qué se podía conseguir entradas ese día. Yo vivía en la casa de una familia vienesa y me había comprado un diccionario español-alemán para poder decir tres o cuatro cosas. La señora era encantadora. El primer día me levanté y me había dejado un cartelito en el que lo único que entendí era que podía sacar lo que quisiera de la heladera. Y llegabas a la delegación y te enterabas de que ese día había entradas para el teatro de no sé qué, y el concierto de no sé cuánto y el ballet de más allá, todas cosas de las mejores del mundo. Canta Paul Robson en la Ringstrasse. Paul Robson cantando «Old Man River» *a capella* en esa avenida maravillosa, imaginate. Y después ibas a ver el ballet de Roland Petit. Y después las marionetas checoslovacas de Trnka. Eran tantas cosas que nos acostábamos muy tarde, y si tocaba ir al cine, que también había mucho y muy bueno, estábamos tan cansados que yo me dormía indefectiblemente. En esa época no había tantas cosas en el mundo. Si había un ballet bueno era famoso en todas partes. Y la sensación era la de que todo lo bueno del mundo estaba ahí y lo podías ver gratis. Y estaba lleno de jóvenes de todos lados. Me acuerdo de un grupo de italianos que conocimos y que uno me empezó a coquetear y Julio Priluka, que era un dirigente obrero que se había hecho muy amigo de tu papá, me decía «ojo que le voy a contar a Omar, eh». La verdad es que la pasábamos muy bien.

Había toda clase de actividades culturales y ninguna política. Por eso después del festival te invitaban a uno de los países comunistas para que conocieras la realidad de cómo se vivía ahí. A mí me había tocado Hungría y a tu papá Polonia, pero como habíamos empezado a estar juntos tu papá se vino a Hungría conmigo. En el cincuenta y seis en Hungría había habido un levantamiento que fue aplastado por el gobierno impuesto desde Moscú y había mucha represión. Un poco lo que pasó después en Checoslovaquia. No se podía ir a cualquier parte. Lo curioso es que a ninguno nos parecía mal. Supongo que creíamos que aquellos a los que se reprimía eran contrarrevolucionarios y que estaba bien frenarlos. Con nosotros viajaba la delegación cubana y ellos tampoco lo veían con malos ojos. Ellos venían de acabar con la dictadura de Batista y ahora mandaba Fidel, y nosotros no veíamos que eso fuera una nueva dictadura porque era comunista, y el comunismo era la liberación del capitalismo, que era el opresor. De todas maneras nos entraban dudas. Había algo en eso que veíamos en Hungría que nos hacía ruido, o por lo menos a mí me lo hacía, pero supongo que lo justificábamos en nombre de todo esto que te digo. Teníamos un intérprete que era argentino y que nos paseaba de acá para allá y que todo el tiempo nos hablaba maravillas del régimen. Seguramente le habían dado instrucciones de que lo hiciera, pero yo creo que también se lo creía. Nos llevaba a ver los lagos y las cosas más lindas pero no vimos la verdadera vida de los húngaros. Y no nos parecía raro. Nos parecía que nos estaban mostrando las cosas más lindas del país como quien muestra las partes más lindas de su casa. Eran muy amables con nosotros y nos trataban muy bien. Uno nunca podía saber hasta dónde era real y hasta dónde era propaganda, pero éramos jóvenes y estábamos encantados y la verdad es que no nos lo cuestionábamos mucho. Estábamos ante la construcción del nuevo mundo, y todo lo que hubiera que hacer para defenderlo nos parecía que estaba bien hecho.

¿Si el viaje me cambió?, me dice mi padre. La verdad es que creo que no mucho. Cuando me subí al barco yo ya tenía bastantes dudas acerca de si eso que se decía en la órbita comunista era posible, y más allá de si era posible, de si los que lo estaban llevando a cabo eran los más adecuados para hacerlo. Pero la verdad es que poder conocer a toda esa gente que venía de todas partes del mundo y que creía en lo mismo que uno era fantástico. Y lo de viajar a Europa, la verdad es que yo no tenía mucho donde encajarlo. Tu mamá sabía cosas, tenía una base donde poder ir metiendo todo lo que veía. Yo trataba de mirar, de incorporar, pero la verdad es que nada me deslumbraba mucho. Tu mamá era más sociable y hacía grupo con la gente y la invitaban a los lugares. Y la merodeaban un montón de tipos a los que no rechazaba con toda la fuerza que a mí me hubiera gustado. Y sabía quiénes eran los cantantes que escuchábamos y cuáles eran las películas que había que ver y se emocionaba mucho con todo. Yo no tenía ni idea de quién era nadie.

De donde yo venía la idea de viajar a Europa era impensable. Me miraba a mí mismo en ese barco cruzando el Atlántico y pensaba «mirá este pelotudo yéndose a conocer Europa».

Nosotros nos habíamos embarcado en junio y en enero había asumido Fidel en Cuba. En ese momento era mucho más importante la revolución cubana que la revolución rusa. La dualidad estaba completamente establecida en el mundo entre el capitalismo y el comunismo, y en mi vida también. Por un lado estaba lo que pasaba en el terreno exterior y por otro lo que me pasaba a mí de puertas para adentro. Yo miraba lo de afuera un poco como espectador y mientras tanto me preguntaba cómo iba mi propio proyecto. «¿Cómo va eso? –me decía–. Más allá de la revolución latinoamericana, ¿qué has hecho hoy por tu propia transformación? ¿Leíste algún otro libro para ser un poco menos inculto? ¿Metiste alguna materia más en la facultad? ¿Subiste algún escaloncito en el camino de alejarte de la pobreza de la que venís?» Yo creo que en el fondo el motor que me movía era el de hacer todo lo que pudiera para nunca más volver a ser pobre. Aunque si te digo la verdad, verdaderas necesidades yo nunca pasé. Te mentiría si te dijera que pasé verdadera hambre porque de una manera o de otra siempre me las arreglé para tener algo que comer. Quizá lo que más me molestaba era la distancia que había entre las cosas que podían hacer algunos y las que podíamos hacer los otros. Alguna vez te conté que en Azcuénaga me había hecho medio amigo de los chicos con los que íbamos a la academia Pitman, y que en ese sentido había entrado al círculo de la clase alta del pueblo, que era una mierda, pero que para un pueblo como ese era algo. Un día que terminamos de estudiar fuimos a dar una vuelta y salió la idea de ir al club y los chicos me invitaron a ir con ellos, y cuando llegamos a la puerta el conserje me dijo que yo no podía entrar porque mi papá no era socio. Supongo que en ese punto, en ese sentimiento de injusticia, era donde me encontraba con los ideales de igualdad del sueño comunista. Porque si conseguíamos construir un mundo en el que no hubiera desigualdades esas cosas iban a dejar de pasar. Y si dejaban de pasar me iban a dejar de pasar a mí. Quiero decir que probablemente había una parte de interés propio en esos ideales. Yo no tengo claro, por ejemplo, cuánto me conmoví el día en que Fidel llegó al poder. Siempre tuve la idea de que no había que dejarse tomar mucho por las emociones, porque si te dejabas tomar por las emociones había más riesgo de que te equivocaras, y yo no me podía equivocar porque equivocarme significaba volver a la pobreza. Creo que el comunismo me interesaba como idea, pero nunca me fanaticé mucho porque las emociones eran algo que yo no me podía permitir.

Mi padre siempre se ha pensado a sí mismo como alguien poco emocional, y es cierto que en muchos momentos de su vida tuvo que poner férreas corazas a sus emociones para poder salir adelante, pero no es menos cierto que quien más corazas necesita es aquel que más desarrollada tiene su sensibilidad. Mi padre siempre manifestó ciertos reparos, por ejemplo, ante la idea de que yo me convirtiera en escritor. Y no porque tuviera algún prejuicio al respecto, sino porque sencillamente no entendía cómo iba a ganarme la vida con ello. Y con mi incursión en el mundo del cine le pasó lo mismo. La invitación que recibí del festival de San Petersburgo a partir de que mi película fue seleccionada incluía la estadía y las dietas, pero tenía que ser yo quien se costeara el billete de avión. Cuando le pedí ayuda a mi padre él se opuso. No era mala voluntad. Seguramente no veía ninguna utilidad en que fuera a mostrar mi película en un festival de cine y no quería fomentar pasatiempos que me distrajeran de lo que en realidad había que hacer en la vida, que era estudiar y prepararse para asegurarse el sustento. Cuando lo llamé desde Rusia para contarle que me habían dado el primer premio en la categoría de debutantes se quedó mudo. Más tarde me confesaría que no podía contárselo a nadie porque cada vez que lo intentaba se le quebraba la voz. Desde que publiqué mi primer libro, sus cartas y sus correos vienen rubricados con la firma de «el padre del escritor».

Luego de visitar Hungría mis padres volvieron a Viena y alquilaron una furgoneta junto con otros seis jóvenes para recorrer un poco Europa. Parece ser que la convivencia no fue demasiado sencilla. Incluso en esa pequeña sociedad de ocho personas tan concienciada con las ideas de igualdad y de respeto por el otro resultaba harto difícil obedecer a una voluntad plural. Había una pareja, por ejemplo, a la que sólo le interesaba ir de compras y que quería parar en cualquier lugar en el que hubiera un centro comercial. Mis padres en cambio querían viajar por el campo y enterarse de cómo vivía la gente. Todos, salvo Miguelito Asturias, eran argentinos y conocían los convenios con los países a los que iban, y tenían por lo tanto sus papeles en regla a ese respecto. En una frontera hubo un problema con el pasaporte guatemalteco de Miguelito y tuvieron que quedarse dos días ahí hasta que pudieron resolverlo. Eso terminó de minar la moral del grupo, que, para cuando llegó a Paris, ya no tenía ningunas ganas de seguir compartiendo nada. Incluso mi padre y mi madre decidieron viajar separados por unos días. Después de quedarse un par de semanas en casa del padre de una conocida de mi mamá –que era escultor y bohemio y que, para fascinación de todos, amanecía cada día con una chica distinta– se despidieron para encontrarse directamente en el barco que los llevaría de regreso a Buenos Aires.

Los recursos con los que contaban eran bastante escasos. En el caso de mi mamá –que siguió viajando con Miguelito–, cada tanto recibía algún refuerzo. En París por ejemplo, y por instrucciones de tía Blanca, se acercaron hasta la editorial que publicaba a Asturias en francés y retiraron un cheque que estaba esperando a su nombre. En el caso de mi papá, el presupuesto era bastante más apretado. Cuando nos separamos yo me tomé un tren a Florencia, me explica, y me puse a buscar un hostal donde dormir. Me parecía divertido verme a mí, un tipo de Azcuénaga, buscando alojamiento en Florencia. Me parecía divertido pero también me angustiaba bastante eso de andar solo y perdido por ahí. Yo no sabía hablar ningún idioma pero sabía que en cada ciudad había un *ostello* de la juventud que era lo más barato del mundo, y preguntando encontré el de Florencia. Eran como las cinco de la tarde cuando llegué y estaba tan cansado que me acosté a dormir. Desperté cerca de las once de la noche. El *ostello* estaba en las afueras y a esa hora todo el mundo se había acostado, con lo que no había nada que hacer ni nadie con quien hablar. La sensación de angustia y de soledad que me agarró no te la puedo explicar. Nunca volví a sentir una sensación de desamparo como la de esa noche. Al día siguiente la cosa mejoró un poco, pero fueron días raros y la verdad es que no la pasaba nada bien. Habíamos quedado con un chico y una chica para encontrarnos en Barcelona diez días después, y desde Italia fui subiendo por la Costa Azul hasta la frontera con España. No tenía un mango. De día caminaba por las ciudades, me tomaba un café con leche como única comida y dormía en los trenes porque teníamos uno de esos pasajes abiertos con los que te podías tomar todos los que quisieras, pero la verdad es que no disfrutaba de lo que veía y en el fondo no sabía muy bien qué estaba haciendo ahí. Con mis viejos habíamos quedado que me podían escribir al correo de alguna de las ciudades por las que iba a pasar a poste restante, que era un servicio de las compañías de correos por el que le podías escribir a alguien poniendo como dirección la de la oficina central, y ese alguien pasaba después por ahí y preguntaba si había algo a su nombre. Así, al llegar a Barcelona me fui hasta la oficina de correos y pregunté y me dieron un sobre de un banco que decía que tenía a mi disposición no sé cuántas pesetas. Yo pensé que se habían equivocado, que había otro Omar Argüello. «¿Qué hago? —pensé—. ¿Les digo que no soy yo o agarro las pesetas y me voy a comer algo?» Entonces vi que junto con el sobre del banco había otro con una carta de mi viejo en la que me decía que me mandaban esa guita. No te podés imaginar mi emoción. Me acuerdo que fui a un restaurante y me comí un pescado frito, que era lo más barato que había y que no me cayó nada bien, pero por lo menos era comida.

Era octubre y el otoño ya había empezado a entrar en el Mediterráneo cuando mi padre se volvió a reunir con los demás para emprender el viaje de regreso, con mi madre, con Miguelito Asturias, con Julio Priluka y los otros. El barco partió desde Lisboa y paró en Marruecos y en Canarias antes de lanzarse a cruzar el Atlántico. Cuando se recibió de abogado, uno de los primeros trabajos de mi padre consistió en hacerle los trámites de sucesión a Julio Priluka a la muerte de los suyos. No le cobró nada. Después de eso ya no se volvieron a ver. Años después, en alguno de los viajes que hizo desde Chile, mi padre intentó contactarlo, pero todos los que podrían haberle dicho algo estaban muertos o exiliados o ignoraban su paradero. Mi padre todavía conserva el portafolios de cuero que él le regaló a modo de agradecimiento.

8

Sin tener la menor idea de que mis padres habían andado por ahí hacía cuarenta años, al acabar el festival de cine en San Petersburgo yo también puse rumbo a Hungría. La idea era encontrarme con unos amigos que había conocido en otro festival que había tenido lugar en Montevideo algunos meses antes. Un poco por mi aversión a volar y otro poco por el romanticismo que me inspiraba la idea de recorrer Rusia en tren, decidí utilizar ese medio para viajar hasta Budapest. Al comprar el billete fui advertido acerca de las cuarenta y tres horas que el trayecto tomaría, cosa que no me pareció un problema. No me advirtieron, sin embargo, que debía llevar mi propia comida porque en los casi dos días de viaje me sería imposible comprar nada a bordo. Y tampoco consideraron pertinente informarme —y esto resultaría decisivo— que, en su recorrido hacia la capital húngara, el tren atravesaría los tres recientemente independizados estados de Letonia, Bielorrusia y Ucrania, para los que, y desde hacía no demasiado tiempo, se necesitaban ciertas visas que, en mi ignorancia, jamás me molesté en tramitar.

Pensar en Rusia como en un solo país es por lo menos arriesgado. Con todos los estados de ciertas dimensiones ocurre lo mismo, pero en el caso de estas tierras que abarcan más de diecisiete millones de kilómetros cuadrados repartidos a lo largo de dos continentes, la empresa pronto se descubre como utópica. Andrushka me explicó que cuando le tocó hacer el servicio militar tuvo la mala suerte de ver estallar la guerra de Afganistán. Llamarla guerra ruso-afgana, me dijo, entraña unas cuantas imprecisiones. De lo que en realidad se trataba era de un conflicto interno del pueblo afgano en el que al ejército soviético le tocó defender al gobierno de la república en contra de los insurgentes muyahidines que, apoyados por Estados Unidos, buscaban hacerse con el poder. En el fondo no era más que otro capítulo caliente de la llamada guerra fría, que a su vez era un pasaje más en la larga contienda que se llevó a cabo a lo largo de todo el siglo veinte entre quienes querían favorecer el avance del socialismo y quienes querían frenarlo. Andrushka me dijo que dentro del propio Ejército Rojo había fuertes divisiones. Quienes venían de repúblicas que habían sido anexionadas a la órbita soviética muchas veces odiaban a los rusos por considerarlos el pueblo invasor. ¿Qué cercanía podía sentir un muchacho de Turkmenistán o de Azerbaiyán con un joven de buena familia llegado de la antigua capital del imperio? El propio Andrushka tuvo que ser trasladado de batallón por el peligro que corría durmiendo entre sus compañeros. De no haber sido por ese traslado, me confiesa, no estoy nada seguro de que alguno no hubiera aprovechado el fragor de una refriega para pegarme un tiro en la nuca.

La realidad siempre es más compleja que los papeles que la explican. El mejor modo de entenderla suele ser en primera persona. Es en la escala de las vidas individuales donde se descubre que los dos bandos que uno imaginaba enfrentados en realidad son veinte o cincuenta, o tantos como individuos haya involucrados. Las razones por las que actúan los integrantes de un ejército o de un partido suelen ser tan diferentes entre sí como similares pueden descubrirse respecto de las que alimentan las esperanzas de aquellos con los que luchan. Dolores y rencores que tienen más que ver con la historia personal de cada uno que con la historia política general, y que en el calor de los enfrentamientos suelen dispararse en las direcciones más imprevistas. Cuando llegué a la estación Vitebsky y subí a mi tren, me encontré en el compartimento que me asignaron con las tres mujeres que serían mis compañeras de viaje. Dos que debían de rondar la cuarentena y una chica más joven que respondía al nombre de Anna, y que resultó ser una estudiante de lenguas muertas que hablaba también inglés, cosa que me resultaría de suma utilidad en las horas que se avecinaban. El primer servicio que sus conocimientos idiomáticos me prestaron fue el de permitirme conocer mi situación. El guarda pasó pidiendo pasaportes y al ver el mío se mostró muy contrariado. A través de Anna me enteré de que el problema pasaba por los visados que yo no tenía. Y ¿qué puede pasar?, pregunté. Que te dejen detenido, me dijo. La perspectiva no resultaba demasiado alentadora, pero había algo tan irreal en el hecho de que, sólo por no tener un sello en mi pasaporte, alguien decidiera bajarme de un tren a mitad de la noche y dejarme varado en una frontera imposible que decidí que eso no ocurriría.

El compartimento estaba compuesto por dos pares de butacas enfrentadas que por la noche se convertirían en dos pares de literas. Las dos mujeres que nos acompañaban no paraban de fumar y de contar pequeños fajos de billetes que, como si nosotros no estuviéramos allí, iban escondiendo en los más diversos rincones. Anna me preguntó por el motivo de mi viaje y le expliqué que había venido a un festival de cine en San Petersburgo y que ahora me dirigía a visitar amigos en Budapest. Ella me dijo que viajaba para encontrarse con la parte de su familia que vivía allí. Parece ser que durante la época estalinista su abuelo, que era químico, escribió y publicó un tratado de química sin la expresa autorización del régimen, y que ese sólo episodio justificó el hecho de que fuera acusado de traición y que fuera deportado a los campos de trabajo donde murieron él, su mujer y todos sus hijos, a excepción del padre de Anna y de un hermano que al salir huyó hacia Hungría. Tuve que preguntar dos veces para convencerme de que no había ningún error de traducción y que, efectivamente, había sido un simple manual de química —sin ningún contenido político ni ideológico— el causante del desmembramiento de su familia. Cuando las cosas se tuercen de ese modo ya no se trata ni siquiera de estar en el bando correcto, me explicó Anna. Los giros se vuelven tan impredecibles que en cualquier momento y por cualquier circunstancia todo puede acabar de la peor manera.

Anna me contó que en la época de Stalin había un órgano llamado el GlavLit que era el encargado de revisar el material que se iba a publicar desde su concepción hasta la llegada a las librerías. Se decidía un tema sobre el que había que hacer un libro —la biografía de algún personaje importante, la crónica de la gloriosa construcción de alguna obra de ingeniería— y se le asignaba a alguien el encargo. Ese era el conducto regular, y como bien pudo comprobar la familia de Anna, no resultaba nada conveniente ignorarlo. En algún lugar leí la historia de un escritor al que se le encargó testimoniar el fabuloso logro que había constituido la construcción de una planta desalinizadora que permitiría surtir de agua potable a una serie de poblaciones cercanas al mar Caspio. El libro resultó ser un éxito y fue altamente elogiado desde el partido como una obra que contribuía a elevar la moral del pueblo, al punto de que decidieron convertirlo en película. La versión cinematográfica, sin embargo, alteró mínimamente el final, y ese cambio fue tachado de sospechoso por algunos sectores de la censura, lo cual hizo que el libro fuera retirado de circulación y que su autor —que nada había tenido que ver con la realización del film— viviera aterrorizado durante meses a la espera de que le acusaran de traidor y lo deportaran. En los últimos tiempos varios de sus amigos habían corrido ya esa suerte. Con la intención de limpiar su imagen y por sugerencia de alguien cercano al comité central, decidió aceptar el encargo de escribir un libro con el que el Ejército Rojo rendiría homenaje a cierto mariscal considerado como uno de los héroes vivos más destacados de la historia reciente de la URSS. Sería el modo de congraciarse con el partido y de minimizar las posibles suspicacias que su anterior trabajo podía haber despertado. El manuscrito vio la luz con éxito y le devolvió al escritor la confianza del régimen. Medio año más tarde, sin embargo, y a instancias de algún desencuentro con Stalin, el mariscal en cuestión fue declarado sospechoso de espionaje y mandado a fusilar, con lo que el autor de la elogiosa biografía debió volver a esconderse. Corría el año 1937. A partir de 1939 el ritmo de las denuncias y de las ejecuciones entró en un período menos virulento. Las últimas víctimas fueron los propios funcionarios del GlavLit, que a juicio de Stalin se habían excedido en el desempeño de sus funciones. Entre los años 1938 y 1939 se retiraron de circulación casi ocho mil obras de más de mil ochocientos escritores diferentes y otros cuatro mil quinientos títulos fueron «reciclados» al considerarse que carecían de valor para el lector soviético. No sólo eran censurados aquellos textos potencialmente peligrosos, sino también cualquiera que resultara «blando» y que no contribuyera a forjar lo que Stalin consideraba que debía ser el alma rusa. «Nuestros tanques son inútiles cuando quienes los conducen son almas de barro –declaró en uno de sus discursos–, por eso afirmo que la producción de almas es más importante que la producción de tanques.» «Ingenieros del alma», fue el nombre que dio Stalin a los escritores, llamados a cumplir así una de las más altas funciones en la construcción del hombre nuevo, y víctimas de severas represalias si defraudaban la tarea para la que habían sido convocados. Sólo entre los años 1938 y 1939, el GlavLit destruyó más de veinticuatro millones de volúmenes. Y sus autores sufrieron las consecuencias.

Anna me cuenta que el año anterior hubo elecciones en Rusia y que el candidato comunista Ziugánov sacó algo más del cuarenta por ciento de los votos. Afortunadamente Yeltsin alcanzó el cincuenta y tres, me dice, porque pasamos mucho miedo ante la posibilidad de que volviera el comunismo. Así lo dijo: pasamos mucho miedo ante la posibilidad de que volviera el comunismo. En el país en el que yo me crie una frase como esa habría significado exactamente lo contrario. Habría salido de boca de un partidario de Pinochet que habría avalado la tortura y el exterminio como forma de deshacerse del pernicioso enemigo. La chica que tenía enfrente, en cambio, pertenecía al bando de las víctimas, al bando que sufrió los abusos del régimen totalitario. Los colores se intercambiaban y seguían siendo los mismos. En el fondo no se trataba de colores ni de ideas, sino de personas que pensaban que era válido anular al otro en defensa de sus intereses. Y daba igual que vinieran de la izquierda o de la derecha. Daba igual las ideas o los proyectos que defendieran. Se trataba de la vieja fórmula del soy más fuerte y te aplasto que atraviesa países, fronteras, ideologías y banderas. «A diestra y a siniestra se esconde el enemigo —recuerdo que apunté en mi libreta—. De diestra y siniestra se disfraza y conserva siempre el mismo rostro.» Creo no exagerar si afirmo que en esa frase se encierra quizá la lección de sociología política más importante que aprendí en toda mi vida.

9

Una de las ciudades que mis padres quisieron visitar antes de volver a Buenos Aires fue Berlín. Años después volverían a hacerlo en compañía de sus hijos en un viaje que hicimos los cuatro por Europa apenas unos meses después de la caída del muro. Papá estaba de misión en París y fuimos a pasar un mes con él, y en unos días que tenía libres alquilamos un coche y dimos una vuelta por el este que concluyó en la capital alemana. En 1959, cuando ellos fueron por primera vez, el muro todavía no se había levantado. La ocupación de la ciudad por parte de las fuerzas aliadas ya estaba vigente. Desde 1949 las tres zonas occidentales se habían convertido en la República Federal Alemana y las fronteras se habían ido reforzando paulatinamente a medida que se intensificaban las tensiones provocadas por la guerra fría, pero no fue sino hasta 1961 que la República Democrática Alemana decidió levantar «un muro de protección antifascista» que pretendía defender al bloque oriental de «las agresiones de Occidente». En 1959, sin embargo, cruzar de un lado al otro ya era bastante complicado. Un amigo de mis padres, un chileno llamado Pito Enríquez, los puso en contacto con una chica argentina que vivía allí, y gracias a la invitación que ella les hizo tuvieron ocasión de visitar el sector ruso de la ciudad. Su nombre era Tamara Bunke y era hija de un alemán y de una polaca que habían emigrado a la Argentina durante la segunda guerra mundial y que, luego de terminado el conflicto, habían regresado. En compañía de ella fue que mis padres cruzaron al lado comunista utilizando el metro. Por ese entonces, y aunque sujeto a fuertes controles, el metro todavía comunicaba ambos sectores de la ciudad. Tamara les mostró la forma en que allí se vivía, de manera austera pero digna, con una noción no utilitaria del trabajo ni del dinero, con la vista puesta en el futuro al que se aspiraba y no en las comodidades del presente inmediato. Por esa época mi mamá estudiaba arquitectura y, a través de Tamara —ya que sólo los locales podían comprar cosas allí—, tuvo ocasión de adquirir un escalímetro y un compás de gran calidad a un precio prácticamente regalado. Tamara les explicó que el contrabando que se había establecido entre un lado y otro empezaba a ser un problema, ya que si uno compraba a precios del este y vendía después en el oeste hacía una gran diferencia. En el este se producía lo justo porque no se trataba de comerciar, sino de abastecer a la población. Si alguien se aprovechaba de eso para su propio beneficio abría una fisura en el sistema. Y lo mismo pasaba con la educación que se le brindaba a la ciudadanía. Se trataba de una inversión que el Estado hacía en alguien para que ese alguien luego la retribuyera poniendo su fuerza de trabajo al servicio de la comunidad. La llamada «fuga de cerebros», personas educadas en la URSS que luego emigraban a Occidente en busca de mejores salarios, debilitaba toda la estructura del mundo que se pretendía construir. Y eso por no hablar del embargo que Occidente ya estaba aplicando y que no ayudaba en nada a destensar la situación. Todas las estrecheces y las faltas de libertades eran, según Tamara, una condición necesaria para la supervivencia de un mundo que quería jugar con unas reglas distintas a las que regían el mundo capitalista. Cooperación en lugar de competencia. Justicia social en lugar de dinero. Bienestar general en lugar de fortunas individuales. Mamá la recuerda como una chica muy linda pero de mirada fría y de gestos serios. Cuando la conocieron estudiaba letras. Al terminar la carrera empezó a viajar a Latinoamérica para llevar a cabo una serie de estudios sobre el folclore de los pueblos autóctonos, aunque después se dijo que ya por ese entonces llevaba a cabo misiones para el servicio de inteligencia de Alemania Oriental. En 1961, inspirada por la revolución cubana, se trasladó a vivir a ese país y estudió periodismo en la universidad de la Habana al tiempo que se entrenaba como espía para el servicio secreto. En 1964 llegó a Bolivia y, bajo las órdenes directas del Che Guevara, se dedicó a establecer relaciones con la clase política y el ejército con el fin de estudiar la posible apertura de un frente revolucionario en ese país. Tamara Bunke murió fusil en mano en una emboscada que su grupo sufrió en la selva boliviana en agosto de 1967. Por ese entonces ya era conocida como Tania la Guerrillera. Menos de dos meses después, y en idénticas circunstancias, caería abatido el Che.

Volver a Berlín treinta años después en compañía de sus hijos fue muy especial para mis padres. En ese momento no fui consciente de su real significado. Meses antes del viaje, recuerdo levantarme una mañana en nuestro departamento de Buenos Aires y que mi padre me llamara y me mostrara un periódico en el que se anunciaba la noticia de la caída del muro. Esto es importante, me dijo. Corrían los primeros meses de 1990 cuando salimos de París en dirección a Praga. La idea era dar una vuelta por el este para terminar en Berlín presenciando de primera mano el desarme de ese símbolo de la división entre las dos Alemanias, pero también entre los países de la OTAN y los del pacto de Varsovia, y de manera más general, entre los dos bloques en los que el mundo se había dividido. Al llegar nos dirigimos a la oficina de acogida del turista. La industria hotelera aún no estaba muy desarrollada, con lo que allí mismo había familias que se ofrecían para hospedar a los visitantes en sus casas a cambio de una suma a acordar. Nos quedamos con una pareja que vivía en las afueras. No tenían hijos. Él era ingeniero y ella bibliotecaria y estaban muy expectantes de los cambios que estaban por llegar. Por ese entonces Checoslovaquia recién empezaba a despertar del largo período de ocupación soviética. Estábamos a tres meses de las primeras elecciones libres que tendrían lugar desde 1946, y la ciudad se preparaba con ingenuas campañas que vestían las avenidas de fotos caseras de los candidatos y de tímidas banderas que evidenciaban la falta de práctica que esa gente tenía en el juego político. No había escaparates ni anuncios de publicidad en las calles. De vez en cuando alguna casa tenía unas botellas o unos vestidos en la ventana y así uno se enteraba de que se trataba de un comercio. Un hombre que nos reconoció como turistas nos ofreció cambiarnos dinero en una esquina, cosa que en la Buenos Aires de la que veníamos resultaba una práctica de lo más habitual. En el primer negocio en el que quisimos utilizarlo lo rechazaron. Fuimos al banco para averiguar cuál era el problema y en la fila un hombre nos advirtió que no enseñáramos esos billetes, que se trataba de una moneda que ya no estaba en circulación y que el poseerla indicaba que la habíamos adquirido en el mercado negro, lo cual nos podía meter en un problema. Cambiamos un poco más —esta vez de manera oficial— y las cosas resultaban tan baratas que al momento de irnos aún nos sobraba más de la mitad. Como no era posible volver a comprar divisa tuvimos que gastar lo que nos quedaba en el único almacén que encontramos. Mi hermano compró unos lápices. Yo adquirí un atril de lectura que todavía conservo.

Por la noche salimos a tomar una cerveza con mi padre. Entramos en el único bar que encontramos, pedimos nuestras consumiciones y nos sentamos en una mesa. El lugar parecía más el salón de una casa que un comercio. Detrás de la barra había tres tipos de botellas como única oferta. Un grupo de jóvenes que se hallaban ahí acodados nos empezaron a mirar y comentaron algo que evidentemente tenía que ver con nosotros. En determinado momento dos de ellos se nos acercaron. El que hablaba —que iba considerablemente borracho— se presentó como un estudiante de Alemania del este que estaba de viaje de estudios en la ciudad. En un inglés bastante cerrado nos preguntó si éramos padre e hijo. Le dijimos que sí. Luego de evidenciar su sorpresa, el muchacho le preguntó a mi padre si no le molestaba que yo llevara el pelo largo (por ese entonces lo usaba así). Mi padre le dijo que no y el chico se nos quedó mirando visiblemente emocionado. Aparentemente el hecho de que un padre aceptara tomar una cerveza con su hijo a pesar de que éste llevara el pelo largo lo conmovió. Luego de un rato de observarnos en silencio, se quitó la camiseta y me la regaló. Era negra y sin mangas y tenía una inscripción de Moto Guzzi en el pecho. Intenté rechazarla —no me parecía bien que el pobre chico tuviera que continuar su noche medio desnudo—, pero su amigo me explicó que le supondría un disgusto que yo no la aceptara. Me puse en pie para agradecérselo y él me abrazó como a un hermano. Luego se unieron al resto del grupo y abandonaron el local.

Llegamos a Berlín a través de rutas comunistas, a través de campos que pronto volverían a tener dueño, a través de un aire de libertad extraño y aún pendiente de estrenar. Entramos en la ciudad por las grandes avenidas soviéticas, entre los edificios interminables de la Karl Marx Allee, entre bloques de viviendas grises y anónimos y sin ningún anuncio que decorara sus fachadas. Oficialmente el muro había caído hacía unos meses, pero físicamente aún seguía ahí, y también los últimos controles. El metro aún pasaba por estaciones desiertas en las que no se detenía. Durante unos instantes abandonaba la oscuridad del túnel para cruzar como una ráfaga por unos andenes vacíos que nadie había limpiado desde hacía tres décadas, y que ofrecían una imagen algo fantasmagórica de un pasado reciente que parecía muy remoto. En el Checkpoint Charlie —aún operativo— tuvimos que enseñar nuestros pasaportes a unos soldados socialistas que los estudiaron con esmero. Vimos hombres adultos abrazar a sus madres y sobrinos saludarse con tíos a los que no conocían. Vimos lágrimas en los ojos de los que allí se reencontraban. Vimos familias reunirse luego de años sin verse y vimos gente de todas las edades rompiendo el muro. En cada rincón de los cuarenta y cinco kilómetros a lo largo de los que se extendía, vimos hombres y mujeres que golpeaban el hormigón con lo que tuvieran a mano. Trozos de metal, perfiles de marquetería. Sin esperar a ver qué hacían mis padres, con mi hermano nos lanzamos a imitarlos. Yo cogí un hierro doblado. La parte larga me sirvió de mango y la corta de cincel. Eran golpes de historia los que dábamos. Golpes que no entendíamos pero que sentíamos. Mis padres nos habían llevado hasta allí para que viviéramos en carne propia ese momento histórico. Cada uno se llevó un trozo a modo de recordatorio. Aún no había nadie que los vendiera como souvenires dentro de una cajita de metacrilato a veinte euros la pieza. En ese momento no se trataba de eso. En ese momento sólo asistíamos a la convocatoria que la historia había lanzado. Hombres rubios y mujeres orondas que golpeaban con la fuerza de la libertad del tiempo nuevo, que gritaban y reían al golpear, al ser parte del derribo de esa cicatriz histórica que durante años había partido a Europa por la mitad. En ese momento no sabíamos de las cicatrices nuevas que los años traerían. En ese momento mi hermano y yo golpeábamos con la alegría de toda esa gente que celebraba el triunfo sobre las fronteras y las divisiones. En ese momento se vivía un clima de euforia y de triunfo que el tiempo se encargaría de apaciguar.

10

Mi tren se detuvo en Bielorrusia sobre las dos de la madrugada. Anna me había explicado que no se trataba de la prueba más difícil que me tocaría superar. El verdadero desafío estaba en la frontera ucraniana. Letonia no había sido un problema porque el tren ni siquiera tenía parada allí, y en Bielorrusia, según me decían, la aplicación de la ley era menos estricta que la que establecían sus vecinos ucranianos, los cuales se hallaban muy deseosos de dejar bien en claro que ya no eran más un apéndice soviético, sino una república independiente y soberana para la que había que tener ciertos permisos si uno quería entrar. En Bielorrusia, en cambio, eran más laxos al respecto, con lo que había buenas probabilidades de que encontráramos alguna manera de solucionar el asunto. Cuando el tren se detuvo, sin embargo, no las tenía todas conmigo. No quería ni pensar en lo que ocurriría en caso de que no me dejaran continuar.

Escuchamos los pasos de los soldados que avanzaban por el pasillo y la sensación de espía prófugo en la frontera enemiga se hizo presente por primera vez en la noche. Cuando llegaron a nuestro compartimento, y al ver que no tenía la visa correspondiente, me pidieron que los acompañara. Anna les explicó que yo no hablaba el idioma y le dijeron que viniera con nosotros para hacer de intérprete. Caminamos por un andén de tierra hasta una caseta de madera en la que nos tuvieron esperando unos veinte minutos. Al cabo de ese tiempo uno de los soldados le dijo a Anna que era posible comprar una visa de tránsito allí mismo, pero que tendría que pagar. Cuánto, pregunté. Cien dólares, me dijeron. No tengo, mentí, empezando a intuir la informalidad de la transacción. Los hombres hablaron un momento entre ellos y luego le dijeron a Anna que me preguntara cuánto tenía. Cincuenta, dije, y aceptaron. Cuando caminábamos de vuelta al tren pensé que podría haber ofrecido menos, pero en cualquier caso el primer obstáculo había sido salvado.

La llegada a la frontera ucraniana estaba prevista para las seis de la mañana. Esa noche casi no pude dormir. Entre sueños y ensoñaciones de soldados que me detenían y de armas que me apuntaban y de mi cuerpo tirado a un costado de la vía, no paraba de preguntarme cómo había sido tan estúpido como para seguir adelante. Visto a la distancia era obvio que había que haber pegado la vuelta y haber regresado a San Petersburgo, pero muchas veces ocurre así: ante el carácter abstracto de lo que se avecina decidimos confiar en que no resultará tan malo como parece, una suerte de inercia que nos impide variar la dirección o la velocidad a menos que una nueva fuerza nos obligue a hacerlo. ¿Por qué no salieron corriendo todos los judíos de Alemania apenas el nazismo se hizo con el poder? ¿Por qué no hicieron lo propio mis padres y sus amigos cuando tuvieron lugar los golpes de Estado en Latinoamérica? Por un lado, porque antes de que las cosas ocurran es difícil prever la gravedad que llegarán a tener. Pero por otro lado –y esto resulta más inquietante–, porque nuestra mente no es capaz de concebir el hecho de que, de un momento a otro, las variables con las que hasta entonces nos veníamos manejando se vean alteradas de una manera tan drástica que todo lo que hasta hacía dos días considerábamos real y seguro desaparezca de pronto. Tendemos a pensar que los elementos poseen una solidez de la que en realidad carecen. Y que nuestra existencia es menos frágil de lo que en realidad es. Supongo que es por eso que la gente no sale corriendo apenas un dictador asume el control de un país. Supongo que fue por eso que decidí seguir adelante por más que todas las señales me recomendaban que no lo hiciera.

El soldado que se presentó en nuestro compartimento carecía de expresión en el rostro. Ni siquiera nos dio la posibilidad a Anna o a mí de argumentar o discutir nada. Sin mirarme revisó las páginas de mi pasaporte y al no hallar lo que buscaba dijo algo que en cualquier idioma hubiera podido entenderse: él viene conmigo.

Me sentaron a esperar en una silla de madera en el improvisado cuartel. A través de la ventana vi alejarse mi tren. Creo que nunca en la vida, ni antes ni después, volví a sentirme tan solo. Tenían mi pasaporte y algún plan para mí que ni siquiera imaginaba cómo iba a averiguar. Al dejar San Petersburgo no había tenido ocasión de avisar a mis padres o a mi novia de que pensaba viajar a Hungría en tren, por lo que si decidían retenerme nadie iba a tener la menor idea de por dónde empezar a buscar. Mediante indicaciones gestuales que mis captores improvisaron sobre un mapa, al cabo de algo más de una hora de espera conseguí enterarme de todo esto: esa tarde pasaría un tren que me llevaría hasta otra estación donde tendría que tomar otro que me llevaría hasta Minsk, la capital bielorrusa. Allí tendría que tramitar una visa de tránsito para montarme en un nuevo tren que me permitiría atravesar Ucrania de forma legal y seguir mi camino hasta Hungría. Cuando tuve necesidad de ir al baño, un soldado me acompañó hasta la caseta que había detrás del cuartel. Cuando el hambre empezó a apretar, el mismo chico me llevó hasta un pequeño comercio en el que pude comprar algo de comida.

Había detrás del cuartel un par de bancos de madera donde los soldados se sentaban a fumar. Allí fue que me acomodé a comer el pan y el salchichón que había adquirido. ¿Argentina?, preguntó uno de los jóvenes uniformados. Yo asentí. Él entonces se acercó y en una hoja de papel dibujó un mapa de Argentina bastante preciso en el que podía distinguirse claramente la entrada del Río de la Plata. En la orilla sur colocó un punto junto al que escribió en cirílico el nombre de Buenos Aires. Parece ser que antes de enrolarse había sido maestro de escuela, y entre otras asignaturas, le había tocado dar geografía. Ese solo gesto me hizo sentir un poco más contenido.

Mi tren llegó casi al mismo tiempo que la lluvia. Un par de soldados nuevos que viajaban en él se quedaron con mi pasaporte y con mi custodia. Me instalé en el compartimento que me indicaron, comí algo del salchichón y me recosté a descansar un poco. Comer y dormir cada vez que pudiera. Era lo único que debía ocuparme si quería mantenerme entero.

Llegamos a la nueva estación bien entrada la madrugada. Los soldados que me recibieron eran menos celosos con el tema de la vigilancia y me dejaron dar una vuelta sin custodia alguna. Tenía sentido. No sé adónde pensaban que podría haberme ido aunque hubiese querido. Los carros que pasaban por la calle iban tirados por caballos de crines rubias y sus ruedas eran de madera maciza, sin nada parecido al caucho que las recubriera. En el mostrador que hacía las veces de cafetería la mujer que atendía usaba un ábaco a modo de caja registradora.

A ambos lados del andén se desplegaba lo que debe de haber sido un batallón entero de quién sabe qué ejército. Chicos más jóvenes que yo que eran enviados a pelear una guerra absurda en alguna frontera imposible para defender quién sabe qué improbables intereses. Me acordé de Andrushka temiendo por su vida entre sus propios compañeros en Afganistán, y pensé en las guerras y en los países y en las ideologías y en las banderas, y se me antojó que todo aquello era un invento que se nos había ido de las manos. No lo pensé como un puñado de hombres malos que dirigían los destinos del mundo, ni siquiera como una batalla entre dos bandos bien diferenciados, sino como una criatura independiente que entre todos habíamos creado y que había cobrado vida propia, y que ahora nos llevaba como pasajeros en una especie de tren desbocado que se dirigía hacia ninguna parte. No había nadie al volante, nadie en el puesto de mando. Todos éramos prisioneros de un convoy que nadie conducía y que tenía muchos números de entrar mal en la siguiente curva y terminar descarrilando.

Llegué a Minsk por la mañana. Para ese entonces ya había comprendido que lo que me pedían era imposible. Debía dar con la embajada de Ucrania, tramitar allí una visa que seguramente no me darían en el día, encontrar un hotel donde pasar la noche, volver a comprar un billete para Hungría y sólo entonces retomar mi viaje. Y todo eso en un idioma en el que si alguien me apuntaba una dirección en minúsculas y al llegar la veía escrita en mayúsculas no la reconocería. Entonces recordé que dos días antes había comprado en la frontera bielorrusa una visa de tránsito que aún tenía vigencia por algunas horas, y que me convertía en un visitante legal de aquella bendita república. De pronto estuvo muy claro el nuevo plan a seguir: taxi hasta el aeropuerto de ahí hacia donde fuera.

Ni siquiera me importó enterarme de que no había vuelo para Budapest ese día. La prioridad era salir de ahí antes de que se venciera mi visa, y al averiguar mis opciones me encontré con una lista de ciudades de lo más impronunciables, entre las que sólo reconocí los nombres de Londres y Varsovia. Elegí Londres, ya que tengo una prima que vive allí. Afortunadamente el premio que me habían dado en el festival consistía en dinero en metálico, con lo que pude pagar sin problemas la suma que me pedían. No tenía tarjetas de crédito ni nada parecido, con lo que de otro modo me habría sido imposible sortear el imprevisto.

Pasé el control de seguridad, y ya estaba por dirigirme a la sala de embarque cuando una mujer de uniforme me preguntó qué llevaba en el bolso. Le mostré la lata con mi película y le dije que venía de un festival de cine en el que me había tocado exhibirla. Me preguntó si tenía algún comprobante que justificara la entrada de la película al país y le expliqué que me habían bajado de un tren a mitad de la noche, con lo que no, no había tenido ocasión de rellenar ningún formulario. Pues entonces tenemos un problema, me dijo. Intenté protestar pero la mujer se mostraba inflexible. ¿Sabe qué?, le dije, se la regalo. Se la puede quedar y hacer con ella lo que quiera. Hace dos días que no como ni duermo y la verdad es que lo único que quiero es salir de acá, así que le dejo la película, es suya. Ese no es el problema, me respondió ella, la cuestión es que usted no la podría haber entrado. Si no tiene un documento que diga lo contrario, la ingresó usted de contrabando. No me lo podía creer. Todos los fantasmas del GlavLit y del tratado de química que el abuelo de Anna había publicado sin la expresa autorización del régimen se me echaron encima. Tiré al suelo mi bolso y empecé a buscar por todos lados, y entre las páginas de mi pasaporte apareció un papelito que había rellenado cuando aterricé en Rusia en el que decía algo de un film. Se lo pasé a la mujer, ella lo estudió durante un momento, y finalmente dijo que servía. Estuve a punto de besarla, pero me contuve. A cambio me dirigí al bar y compré una petaca de un licor local llamado «killer», cuya doble ele estaba formada por dos balas del calibre veintidós. Me lo zampé de un trago y me desmayé feliz en mi asiento de la fila de uno del bimotor de Belavia Airlines. Un par de días más tarde estaba en Heathrow tomando el avión que me llevaría de vuelta a la Argentina.

SEGUNDA PARTE

11

Santiago se transformó muchísimo en esos años, me dice mi madre. En menos de dos décadas, e independientemente de lo político, se convirtió en un lugar totalmente diferente. Buenos Aires siguió siendo más o menos lo mismo antes y después de la dictadura, pero para cuando nosotros llegamos, hacia finales de los sesenta, Santiago era un pueblito, y a mediados de los ochenta ya se había convertido en una gran ciudad.

Antes de trasladarse a vivir a Chile, y al volver del festival en Viena, mis padres retomaron sus estudios universitarios en Buenos Aires. Papá terminó la carrera de derecho y, cuando se recibió, su padre –que ya se había establecido como comerciante en el conurbano bonaerense– le compró un departamento en el barrio de Constitución para que fuera su despacho y su vivienda. Por esa época la movilidad social en Argentina aún permitía que un campesino pobre llegado de un pueblo perdido en La Pampa consiguiera forjarse un futuro en la ciudad. El departamento tenía dos habitaciones, una para dormir y otra para recibir a los potenciales clientes. Mi padre, que ya había descubierto que la abogacía no era lo suyo, empezó a trabajar en el despacho de otro abogado y alquiló la segunda habitación a un conocido mientras se dedicaba a estudiar sociología, que era lo que de verdad le interesaba.

Mi madre, por su parte, retomó arquitectura sin mucho entusiasmo. A los dos años lo dejó y se puso a trabajar en cualquier cosa porque no tenía muy claro qué quería hacer con su vida. Tiempo después decidí volver a estudiar, me explica, y me anoté en historia del arte. Me acuerdo que se lo conté a Julio Priluka, este dirigente obrero del que nos habíamos hecho amigos, y él me miró y me dijo «¿Historia del arte? Dejate de joder», y creo que le di la razón. Había que hacer algo más serio que ponerse a estudiar arte, así que me anoté en sociología junto con tu papá.

Mamá me cuenta que siempre fue irregular en los estudios. El colegio no le interesaba nada. Tenía una profesora que cada año agarraba la carpeta de la que había sido la mejor alumna el año anterior y se dedicaba a dictar su contenido. En eso consistían sus clases. En tercer año lo dejó y decidió que rendiría por libre los dos cursos que le quedaban. Dos amigas suyas hicieron lo mismo, pero así y todo se les hacía muy cuesta arriba encontrar la disciplina para avanzar solas. Al final mamá terminó apuntándose a una escuela nocturna y ahí sí que se enganchó porque sus compañeras eran gente que trabajaba y los profesores eran más interesantes. Le pregunto si en su casa no le decían nada acerca de estas decisiones que iba tomando —dejar el colegio, anotarse en uno nocturno— y me dice que a sus padres no les importaba si estudiaba o no. Con su hermano era distinto, querían que terminara el colegio y que hiciera la universidad, pero a ella su mamá la quería trabajando a su lado en el taller de costura que tenía. Afortunadamente mi madre se pegó a su hermano, que sí que la apoyaba en ese sentido. Así fue como se acercó a *Mar Dulce*, la revista que él había fundado junto con otros estudiantes. Iban a marchas, hablaban de política, y poco a poco se fue metiendo en el mundo de la militancia. No se trataba necesariamente de gente afiliada al partido, me dice, pero estaban en contra de las dictaduras que se habían instalado en Latinoamérica y muchos de ellos veían a Stalin como un héroe. En su casa pasaba lo mismo. Para su papá Stalin era un héroe que había derrotado al capitalismo y Rusia era un paraíso donde la gente era libre. En un mundo injusto Stalin había conseguido crear un mundo justo, cómo no ibas a estar de acuerdo con eso. Mucho tiempo después se supo del Gulag y de la represión y de los exterminios y de todo lo demás.

El abogado con el que mi padre empezó a trabajar era un polaco que había sobrevivido a los campos de concentración nazis. Se llamaba Adán Ladislao Wieniawa Szlezynsky. Por ese entonces el gobierno de Alemania Federal había creado un fondo para indemnizar a las víctimas del nazismo y él se dedicaba a tramitar las indemnizaciones para los polacos residentes en Buenos Aires que habían sufrido persecuciones. Muchos tenían problemas físicos y sobre todo mentales. Había uno que tenía una pierna que se le iba, me cuenta mi padre, y a cada paso que daba pegaba un golpe en el suelo. Lo escuchabas venir por el pasillo y sabías que era él. A veces había que acompañarlo a hacer un trámite a tribunales y por la calle la gente se daba vuelta para mirarlo. Una vez vino un tipo y dijo que quería ver al doctor Szlezynsky y yo le dije que no estaba, y él me dijo que le dejara dicho que había venido el conde de no sé dónde. Cuando vino Szlezynsky le dije que había venido un conde y él me dijo: «Mire, Omar, ese en realidad no es conde de nada, lo que pasa es que está un poco mal de la cabeza». A los pocos días vino otro y también dijo que era conde y cuando vino Szlezynsky yo le dije, entre risas, que había venido otro que también decía que era conde, y él me dijo: «No, Omar, vea, ése sí que era conde».

Szlezynsky era el tipo más bueno que haya pisado la tierra, me dice mi padre. A los clientes les cobraba sólo cuando les conseguía la indemnización y a veces ni siquiera. Como él nunca había revalidado su título en Argentina necesitaba un abogado titulado que lo ayudara y para eso me contrató. Para eso y para que le redactara los documentos porque él apenas sabía hablar castellano. Por la mañana, cuando llegaba, yo le enseñaba un poco. Todos los días una hora. Me quería muchísimo. Por ningún motivo quería que yo dejara la profesión. Omar, usted nació para ser abogado, me decía. Si quiere yo le pago una especialización en lo que usted quiera pero no deje la abogacía por nada del mundo. Para que te des una idea de su generosidad, en el estudio había una habitación vacía y un día apareció una polaca con un gato que no tenía donde vivir y él se la cedió. Y desde ese día la tipa vivía ahí.

Muchos de los clientes a los que defendía, o sus familias, terminaban aprovechándose de él y no le pagaban. Yo le decía que eso no podía ser. Entonces él me decía, Omar, yo tengo la vida regalada. Se refería a que de joven había servido en los ejércitos ingleses y había sido capturado por los nazis. En la segunda guerra mundial había batallones del ejército inglés que estaban compuestos íntegramente por polacos, y él era el oficial a cargo de uno de esos batallones de la división polaca del ejército inglés. En determinado momento fue tomado prisionero y lo mandaron a un campo de concentración. Ya era el final de la guerra y, a causa del avance aliado, llegó un momento en que los alemanes tuvieron que trasladar el campo a una zona que no estuviera amenazada. El traslado se hizo caminando. Caminaron durante días por caminos de barro o campo a través, y al que no podía más y se caía le pegaban un tiro en la cabeza. Había muchos que no estaban en condiciones de llevar a cabo semejante esfuerzo, y se iban cayendo y los iban liquidando. Sobre el final Szlezynsky tenía las piernas tan hinchadas que ya no las sentía. Se le habían llenado de agua y más de una vez pensó que no podría seguir, pero no sabe de dónde sacó las fuerzas y llegó. Al poco tiempo fueron liberados por los aliados. Por eso me decía que él tenía la vida regalada. Qué puede importar tener un poco más o tener un poco menos, me decía en referencia a los que no le pagaban. Dese cuenta, Omar, que esta gente ha pasado por experiencias muy difíciles y que hace lo que puede para salir adelante. No los juzgue, me decía. Tenía claro que lo único que podía hacer por ellos era tratar de ayudarlos en lo que pudiera.

La década de los sesenta fue una época de gran efervescencia política. El triunfo de la revolución cubana y la instalación de bases de misiles rusos en la isla habían tensado mucho la situación internacional. En Argentina la lucha antisubversiva daba un papel político cada vez mayor a las fuerzas armadas, mientras que entre los partidos de izquierda empezaban a organizarse los grupos revolucionarios que desembocarían en la creación de movimientos armados como el ERP o Montoneros. Mi padre me dice que aunque nos hubiéramos quedado en Argentina él no cree que hubiera participado en nada de eso. Lo cierto es que, a la larga, haber permanecido en el país como militante comunista no hubiera sido menos peligroso. En el sesenta y dos un golpe militar derrocó al presidente Frondizi. En el sesenta y seis ocurrió lo propio con el presidente Illia. Era el quinto golpe de Estado que tenía lugar en el país en menos de cuarenta años. La diferencia era que en este último el gobierno de facto del general Onganía ya no se presentó como un gobierno provisional encargado de restaurar el orden y llamar a elecciones, sino como una formación que venía para quedarse. Por ese entonces Estados Unidos ya empezaba a promover abiertamente la instalación de dictaduras militares que frenaran el avance del comunismo en América Latina. Ese mismo año mis padres decidieron casarse. Ambos coinciden en que no fue una decisión muy romántica. Llevaban ocho años de novios y la cuestión estaba en si lo dejaban o se casaban, y se decantaron por lo segundo. Por esos días además se produjo el fallecimiento del padre de mi madre, así que la ceremonia fue sencilla, sin muchos aspavientos, con algunos familiares, un par de amigos como testigos y poco más. Por la noche hubo un brindis en la casa de mi abuela materna y al día siguiente continuaron con su vida. Mi padre terminó la carrera de sociología y mi madre puso la suya en suspenso cuando se quedó embarazada de mi hermano. Recomendado por mi tío, mi padre entró a trabajar en la fundación Bariloche, una institución dedicada a la enseñanza y a la investigación científica que tenía su sede provisional en Buenos Aires a la espera de que se terminara de establecer la sede permanente en aquella ciudad del sur. Cuando llegara el día mis padres se trasladarían a vivir allí. Ocurrió que el director de la escuela de sociología de la fundación estaba muy interesado en mi padre, y le ofreció auspiciarlo para que hiciera un posgrado en Flacso, la facultad latinoamericana de ciencias sociales que tenía su sede en Santiago de Chile. Se trataba de una institución muy prestigiosa y hacer un posgrado allí resultaba sumamente interesante a nivel académico —el hermano de mi madre ya había pasado por la experiencia—, con el aliciente de que en ese momento Santiago era un lugar muy atractivo para estar. Era el año sesenta y ocho y ya se estaba preparando lo que sería la llegada al poder de la Unidad Popular, y muchos intelectuales de izquierda de todo el continente se habían desplazado hasta allí para participar. Yo justo me quedé embarazada de tu hermano, me dice mi madre. Tuve un par de días de felicidad y después un pánico absoluto. Había que decidir si Bariloche o Santiago de Chile. Y decidimos ir a Chile con la idea de que después volveríamos y nos reintegraríamos a la fundación Bariloche y nos iríamos a vivir al sur, pero vino la época de Allende y a tu papá lo contrataron en Flacso y poco a poco nos fuimos quedando. Y así fue como apareciste vos.

12

Así fue como aparecí yo. En un Chile convulsionado y con los temores y las esperanzas exacerbados a partes iguales, a punto de servir de campo de pruebas a la primera experiencia de la historia en la que un partido con un programa declaradamente marxista llegaba al poder por elecciones libres. Nunca antes había ocurrido. Nunca antes había pasado que una sociedad hubiera decidido libremente tomar un giro tan abierto hacia la izquierda para poner en práctica, dentro del marco del respeto a la democracia y a las instituciones, un programa de reformas que pretendía dar el poder al pueblo de manera real y efectiva. Fui concebido meses después de que ese triunfo ocurriera, con los ecos de las celebraciones aún impregnando el aire, pero también con las tensiones propias de estar siendo el centro de las miradas de todo el resto del planeta, entre una Cuba soviética que se presentaba como un grano en el trasero de un Estados Unidos que estaba perdiendo la guerra de Vietnam, y que veía con muy malos ojos cualquier experiencia de izquierdas en su propio continente. Más si se trataba de una que no había llegado imponiéndose a nadie sino por limpia y civilizada voluntad popular.

Chile era un lugar con una tradición democrática muy sólida, me dice mi padre. Muy diferente a la del lugar del que veníamos. Estaba la democracia cristiana, que era más bien de centro, estaba la derecha, que era la que generalmente ganaba las elecciones, y estaban el partido socialista y el partido comunista. El partido socialista era más intelectual. El partido comunista era muy fuerte en los sindicatos y dirigía la central de los trabajadores. Lo curioso era para mí que la gente de las clases más bajas tenía una actitud de sumisión enorme hacia los patrones, y sin embargo en el panorama político, el comunismo, que era de tendencias claramente revolucionarias, tenía un fuerte grado de seguimiento. Muchísimo más que en Argentina, por ejemplo. Eso siempre fue algo que me llamó la atención. Entre la organización política y el comportamiento cotidiano de la gente en Chile había una disonancia que nunca llegué a entender.

En lo político las fuerzas estaban más bien parejas: un tercio la derecha, un tercio el centro, y un tercio los comunistas y los socialistas. Había un economista medio conocido en esa época que decía que en Chile había un empate tan cerrado que no permitía que la cosa se decantara hacia ningún lado. Era una sociedad muy democrática y muy respetuosa de las instituciones. Si en el sesenta y ocho le decías a un chileno que cinco años después iba a haber un golpe de Estado no se lo hubiera creído. Nunca había habido uno y nunca lo iba a haber. Nosotros ya llevábamos cinco en lo que iba de siglo. Para que te des una idea, el general Prats, el comandante en jefe del ejército, sofocó un primer intento de golpe en junio del setenta y tres porque decía que al presidente había que defenderlo fuera del color que fuera. Un militar defendiendo a un marxista. Así de fuertes eran las instituciones en Chile. En agosto de ese mismo año hubo frente a la casa del general Prats una manifestación de las esposas de los generales –a la que se sumaron algunos generales de civil e incluso alguno uniformado– que lo criticaban por apoyar al gobierno. Le gritaban cosas como que eran un maricón y un poco hombre por no prestarse a organizar un golpe de Estado para sacar a Allende. Las mujeres siempre fueron las que llevaron la batuta en la sociedad chilena. A los hombres en general les tocaba agachar la cabeza. Frente a estos acontecimientos el general Prats llamó a los generales a su cargo y los instó a que le dieran una muestra pública de lealtad y de apoyo. Como la mayoría se negó él dimitió de su cargo y propuso como sucesor a uno de sus generales más cercanos, un tal Augusto Pinochet, al que consideraba un hombre de confianza, con una larga hoja de servicios como soldado y aparentemente apolítico. Pinochet no tardó ni un mes en comandar el golpe que derrocó a Allende, y una de las primeras cosas que hizo fue acusar a Prats de haber sido «un general al servicio del marxismo». Prats tuvo que huir del país y se instaló en Argentina, donde fue asesinado junto con su mujer en un atentado con coche bomba en septiembre de 1974.

Yo conocía Chile de cuando tu tío Manolo había ido a estudiar allá y tu abuela y yo lo habíamos ido a visitar, me dice mamá. Ahí estaba nuestro gran amigo Pito Henríquez. Manolo lo había conocido de joven en un viaje al que a mí no me dejaron ir. Se había hecho amigo de Pito, que era profesor de inglés y comunista, y de un grupo entre los que estaban Ricardo Lagos, con el que después coincidiríamos en Flacso y que más tarde sería presidente de Chile, y el actor Jaime Vadell. Pito era un tipo fantástico, siempre estaba de buen humor. Si salías a caminar por el Parque Forestal siempre te lo encontrabas porque le gustaba pasear por ahí y siempre iba silbando y contento, aunque estuviera lloviendo. Se había casado con una actriz muy linda que tenía una trenza negra muy larga con la que tuvieron tres hijos. De joven a Pito también le tocó ir a una de las ediciones del festival de las juventudes comunistas en Europa, y cuando vino a Buenos Aires para tomar el barco pasó por casa con una maleta tan vacía que a mi mamá y a mí nos dio pena y le regalamos unos calcetines y un pullover. Lo había mandado el partido pero él no tenía un peso. Pero iba feliz, como siempre.

Cuando decidimos ir a Santiago tu papá partió unos días antes porque yo acababa de parir y Pito lo recibió en su casa. Estando ahí tu papá se puso a buscar donde vivir y consiguió un departamento en el centro que era de una señora española muy encantadora. El día que yo llegué me había dejado un poco de carne en la heladera porque sabía que venía con un bebé recién nacido. Tenía una sola habitación y un living comedor. Pusimos la cama en el living y en la habitación la cuna de tu hermano. Nos las arreglábamos bien. Se suponía que era para dos años pero al año a tu papá lo contrataron como ayudante en Flacso y decidimos mudarnos. Y contratamos a una mujer que venía a ayudarme una vez por semana. Me acuerdo que me sorprendió mucho que la mujer mandara a sus hijos a un colegio privado. En Argentina eso era imposible. Aparentemente en Chile la educación pública ya empezaba a estar muy mal, o quizá era por una cuestión de prestigio, vaya uno a saber. La cuestión es que a mí me impresionó. En Argentina tenías que ser muy rico para mandar a tus hijos a un colegio privado. Al principio conocíamos a muy poca gente chilena. De vez en cuando íbamos a un cine si algún amigo de Flacso venía a estudiar a casa y se quedaba con tu hermano. Estaban Pito y Lucho Barros y una chica que se llamaba Jimena que también era de Flacso. Lucho era de buena familia y vivía en una chacra en las afueras, y a veces Jimena nos pasaba a buscar en su citroneta y nos íbamos a pasar el día a la chacra, y para nosotros era como si nos pasaran a buscar en limusina para ir a la estancia. Poder llevar a tu hermano a un lugar con árboles era maravilloso. Santiago ya tenía un problema de contaminación bastante grande por ese entonces. Lucho después se casó con Bárbara, que ya tenía a Laurita, con la que después vos fuiste al jardín, y para nosotros Chile era un poco eso. Con el tiempo empezamos a conocer a más gente y salíamos a escuchar a los cantautores de la época en la peña de los Parra o en otros lugares por el estilo, íbamos al teatro y a veces incluso hacíamos un viajecito de fin de semana a la casa de algunos amigos en Valparaíso o en algún pueblito de la costa, y la verdad es que entre la cuestión política y toda esa gente que venía de todas partes y los amigos chilenos que nos empezamos a hacer, fue una época muy divertida.

Yo había llegado a Santiago con el curso ya empezado, me cuenta mi padre. Había veinticinco lugares para todos los postulantes de toda Latinoamérica y me habían aceptado. Tu hermano estaba por nacer y yo no quería dejar sola a tu mamá hasta que no pariera y viera que todo iba bien. A las dos o tres semanas me fui para no perder más clases y llegué a casa de Pito Henríquez, un amigo de tu mamá, y desde ahí me puse a buscar departamento para recibirlos a tu mamá y a tu hermano. Me mudé el día antes de que ellos llegaran. Hasta entonces estuve en lo de Pito, que era un tipo encantador y que fue muy generoso conmigo. Cuando vino el golpe se tuvo que escapar y ya no volvimos a verlo.

Por ese entonces en Chile gobernaba la democracia cristiana. El presidente era Eduardo Frei padre, un tipo muy democrático que había sacado la ley de reforma agraria. El plan de reforma agraria ya estaba en marcha cuando Allende llegó al poder, pero no era algo tan radical como ahora puede parecer. Ya había habido casos de reforma agraria en México, en Bolivia y en algún otro lugar. Se trataba más bien de expropiar la tierra que no era productiva para dársela a algún campesino que la fuera a trabajar. Nunca se tocó la industria, que era lo verdaderamente poderoso. Y además era una reforma en la que se creaban propietarios. Se redistribuía la propiedad, pero seguía habiendo propiedad privada, muy distinto de lo que iba a pasar después con Allende.

Una de las cosas que más me impresionó cuando llegamos era el nivel de pobreza, me dice mamá. Había chicos en la calle que pedían plata o comida y a mí se me retorcía el alma porque en Buenos Aires eso no pasaba. Años después, cuando volvimos, ya había gente comiendo de la basura también en Buenos Aires. En Chile para ese entonces eso ya se había acabado. Y políticamente era muy interesante. Un día puse la radio y dijeron que iba a haber un acto del partido comunista y yo pensé «sonamos, se armó», pero no pasó nada. En Argentina eso era impensable. Si llegaba a haber un acto de los comunistas iba el ejército y lo desarmaba a las trompadas. Acá no, era normal. Eran democráticos de verdad. Normalmente ganaba la derecha, pero todos se podían manifestar. Allende fue candidato tres veces antes de salir elegido. El partido socialista y el partido comunista eran partidos fuertes, no eran grupitos clandestinos como en Argentina. Eran muy democráticos, pero eso se interrumpió cuando llegó el gobierno de la Unidad Popular. Cuando ganó Allende la intolerancia de la derecha fue radical. La democracia estaba muy bien mientras cada uno se mantuviera en su lugar. Que los pobres tuvieran de repente acceso a un poder real fue algo que los ricos y la clase media no pudieron tolerar. Para nosotros el hecho de que ganara Allende era algo maravilloso. Se sabía que había posibilidades, pero el día en que ocurrió no lo podíamos creer. Estábamos siguiendo la votación por la radio y cuando dijeron que había ganado no te puedo explicar la emoción. En un país latinoamericano ganaba el marxismo en unas elecciones libres. «Ya está —pensábamos—, la revolución al poder. Está pasando. Y por la vía democrática, no por las armas.» Ese mismo día ya empezamos a tener algunos disgustos porque salimos a la calle y estábamos celebrando con toda la gente y algunos que pasaban nos gritaron cosas antiargentinas. Me acuerdo de una chica que habíamos conocido hacía no mucho, que era la prima de alguien, creo, y nos la encontramos en los festejos en la Alameda y cuando la fuimos a saludar nos dijo «argentinos de mierda, ahora van a ver», y nosotros no entendíamos nada porque para nosotros era un triunfo de todos y lo estábamos celebrando como si también fuera nuestro. Después eso se pasó un poco y muchos empezaron a sentirse latinoamericanos, pero con

Argentina la cosa siempre fue difícil. A pesar de todo estábamos felices. Y la Alameda estaba llena de gente que celebraba y que repartía flores. Era, literalmente, un sueño que se cumplía.

13

Hay que entender que la situación, si bien nos ilusionaba mucho, fue complicada desde el principio. Allende ganó, pero no arrasó. La coalición de partidos de izquierda que integraban la Unidad Popular sacó el treinta y seis por ciento de los votos. Alessandri, que era el candidato de la derecha, sacó el treinta y cinco. Y Tomic, el demócrata cristiano, el veintiocho. La Constitución establecía que si nadie sacaba la mayoría absoluta, el congreso tenía que decidir entre los dos candidatos más votados. Y la democracia cristiana, que de forma natural estaba mucho más cerca de Alessandri que de Allende, por puro respeto al sistema democrático se decantó por el que había sido más votado porque consideraba que era lo correcto. Antes de llegar a esa instancia, un comando de ultraderecha asesinó al comandante en jefe del ejército, el general Schneider, con el fin de desestabilizar y evitar la elección de Allende, dejando bien claro que para muchos el respeto al sistema democrático tenía sus límites. Así y todo Allende fue investido.

Tiempo antes de las elecciones, en toda Latinoamérica se comentaba la situación chilena y se manejaban datos de encuestas que decían que la victoria de Allende era posible. Eso hizo que empezara a llegar gente de izquierda de todo el continente para participar y colaborar. Y entre todos los que llegaban había también agentes de la CIA que se infiltraban en las organizaciones. La cosa era muy poco organizada y el entusiasmo era tal que cualquiera que dijera «viva la revolución» o «viva Marx» entraba sin que nadie le pidiera muchas explicaciones o investigara su pasado. Y la CIA se aprovechaba porque estaba muy preocupada de que el marxismo llegara al poder por la fuerza de los votos. Tu mamá y yo por supuesto que estábamos entusiasmadísimos. Yo había estado en la militancia, pero llegar al poder era otra cosa. La sensación era la de que estaba pasando algo grande.

Entonces Allende asume, pero como te digo la cosa no era fácil. Lo primero era que el cuerpo de policía seguía en manos de los militares. Prats asume como comandante en jefe tras el atentado contra Schneider, y dice que va a hacer respetar la votación y que va a garantizar que Allende pueda cumplir su mandato, pero bajo la premisa de que se ciña a rajatabla a lo que dicta la Constitución. Ni la marina, ni la aeronáutica, ni los carabineros apoyaban al gobierno. Tampoco tenía el apoyo del Congreso. La democracia cristiana le dio su voto, pero en el momento en el que se pusieran a darles fábricas a los obreros se los iban a querer comer. La reforma agraria tenía que apegarse a la ley promulgada por Frei sin mover ni una coma. Los juristas empezaron a buscar los resquicios legales y encontraron espacios para interpretar la ley como mejor les convenía, lo que posibilitaba que se cambiara radicalmente la forma de repartir la tierra. No sólo ocurría que no se dividía, sino que a veces se juntaban dos o tres terrenos y se hacía un CERA —Centro de

Reforma Agraria– que era una unidad productiva del Estado donde, de lo que se producía, se le daba una parte a los trabajadores y el resto quedaba como ganancia para la comuna, cosa que nunca llegó a ocurrir porque nunca llegaron a producir ganancias. Y con esas interpretaciones caprichosas de la ley la cosa fue muy distinta y se empezaron a generar muchas tensiones.

Estaba la posición de los socialistas, que como te digo eran más intelectuales y por lo tanto mucho más radicales que los propios comunistas. Los comunistas eran gente pragmática que sabía de los peligros de incomodar a los poderosos. El partido comunista en general –también en Argentina– era defensor del paso a paso. De lo que se hablaba entre los militantes era de la revolución democrático-burguesa, que quería decir que, dado que los propietarios de la tierra eran gente más conservadora, y que la industria era algo que modernizaba los estados y creaba obreros que podían formar sindicatos, primero había que hacer una alianza con la burguesía para tener un gobierno más industrialista, más fábricas, más obreros, más modernización económica respecto a los modelos más feudalistas, y sólo entonces y poco a poco avanzar hacia la nacionalización de las fuentes de producción. Los socialistas estaban más desconectados de la realidad. Para ellos la cuestión era más teórica, y si la teoría decía que había que hacer la revolución había que avanzar hacia donde la teoría decía. Allende, si bien era socialista, creía que no había que ir tan rápido. Había que avanzar hacia la nacionalización de las fuentes de producción pero con cierta prudencia. Los socialistas y el MIR, que eran casi trotskistas, armaban una revuelta en una empresa y ya querían expropiarla, pero Allende no lo permitía.

Entonces todo el mundo creía que Allende avanzaba hacia el comunismo. Lo cierto es que desde el gobierno la tendencia era la de que nada se hiciera fuera de la ley. Y no podían sacar leyes nuevas porque el Congreso no se las hubiera aprobado, por lo que estaban bastante atados de manos.

Dentro de la propia Unidad Popular había versiones muy distintas acerca de qué era lo que había que hacer y hasta dónde había que llegar. En Flacso, que era donde yo trabajaba, todos colaborábamos de una u otra manera. Flacso nació por iniciativa de la Unesco, pero oficialmente no dependía de ellos. Se decía que pertenecía a Naciones Unidas pero no era cierto. En la CEPAL —la Comisión Económica para América Latina, que tenía su sede en Chile— la policía no podía entrar porque efectivamente pertenecía a la ONU, pero en Flacso podían hacer lo que quisieran. Pasa que como era un territorio medio gris, por las dudas los militares no se animaban a meterse. La cuestión es que todos los que trabajábamos ahí colaborábamos de una u otra manera con la Unidad Popular. Estaba José Serra, por ejemplo, que ahora es ministro de Relaciones Exteriores de Brasil, que directamente se fue de asesor al Ministerio de Economía. A mí me tocó trabajar con la gente del campo ayudando a implementar la reforma agraria, que era una cosa muy interesante. Era muy interesante pero también era muy complicado. Entre otras cosas porque no había plata. La Unesco había dejado de apoyar económicamente y había que tirar adelante presentando proyectos a instituciones como la fundación Ford, que fue de donde yo conseguí financiación. Le pregunto a mi padre cómo se entiende que la fundación Ford financiara un proyecto que se proponía asesorar el proceso de reforma agraria y me dice que había que disfrazarlo un poco. En esa época había una preocupación muy grande a nivel mundial porque la gente estaba teniendo demasiados hijos, me explica, y eso era un lío porque cada vez había más gente pidiendo trabajo y que podía hacer lío si no lo encontraba o no estaba contenta. El control de la natalidad era en ese sentido un tema importante. No se trataba de llegar al hijo único como en China, pero sí de ver qué se podía hacer para que la gente no se reprodujera tanto. Y como no se podía decir abiertamente que era para eso que se favorecían las investigaciones en población, se incluían en el paquete de temas de interés general. Dentro de los estudios de población, además del tema de la natalidad estaba el tema de la mortalidad y de las migraciones. Entonces yo planteé mi proyecto como un estudio acerca de la reforma agraria y las migraciones, argumentando que si la reforma agraria creaba mejores condiciones de trabajo en el campo, la gente iría menos a la ciudad, que era donde se generaban los movimientos sindicales y los problemas. Esa fue mi coartada, pero lo que yo quería era participar del proceso y ayudar en lo que pudiera. Y los de la fundación Ford, sin saberlo, me dieron el dinero para que lo hiciera. Igual no eran ningunos ingenuos. Sabían perfectamente que lo que pudiera decir un sociólogo en una revista de izquierda que en definitiva iban a leer cuatro hippies tampoco representaba ninguna amenaza muy seria.

Entonces iba al campo y charlaba con los campesinos y me decían: «Omar, sabe lo que pasa, que vienen los del MIR y nos dicen que hay que hacer tal cosa, y vienen los comunistas y nos dicen que hay que hacer tal otra, y vienen los socialistas y dicen que hay que hacer lo de más allá. Por lo menos con la democracia cristiana todos decían lo mismo». Cuando me peguntan qué quería la Unidad Popular yo digo que depende. El MIR quería declarar la revolución como en Cuba, para lo cual no quedaba otra que derrocar al ejército. Los comunistas decían que paso a paso. Los socialistas algo que no quedaba muy claro pero que estaba a mitad de camino entre una cosa y la otra. Y yo lo que quería era ayudar en lo que pudiera para que el proceso se llevara a cabo. Ayudar al cambio paulatino que, si bien no tuve oportunidad de hablarlo directamente con él, estoy seguro de que era lo que Allende también quería: avanzar todo lo que se pudiera y aliarse con la burguesía industrial en contra de los terratenientes. De hecho Allende expropió tierras, pero nunca tocó una fábrica o una industria.

El momento era muy interesante. Tenés que pensar que en esos días todos los sociólogos del mundo estaban estudiando el tema de la reforma agraria pero a ninguno le había tocado participar en terreno de un proyecto que la estuviera llevando a cabo. Al principio yo estaba muy ilusionado, pero a medida que iba hablando con los campesinos empezaba a ver que la cosa era muy compleja. Por ejemplo, había una unidad productiva en la que trabajaban cien campesinos. Veinte estaban siempre en los sindicatos. Otros veinte eran los que organizaban la estructura. Otros veinte estaban negociando lo de más acá o lo de más allá y al final quedaban cuatro boludos que eran los que no estaban politizados y a los que les tocaba trabajar la tierra. Así la cosa no podía funcionar. De hecho en los últimos tiempos antes del golpe yo estaba hablando con la gente del Ministerio de Agricultura para que se hicieran arreglos para asignar la tierra, no en propiedad, pero sí en tenencia, de manera que dos campesinos tuvieran por ejemplo diez hectáreas, y si las trabajaban más, además de la cuota que había que darle a la comuna, vieran que tenían algún tipo de beneficio que los incentivara. Nunca se llegó a cumplir porque vino el golpe, pero la idea iba más o menos por ahí. Porque lo de «de cada cual según su capacidad a cada cual según su necesidad» así tal cual no estaba funcionando. Y no digo que no lo hicieran de buena fe, seguramente pensaban que tenían que ir al comité porque era muy importante, pero lo cierto es que los que se quedaban a trabajar la tierra eran los menos y la productividad era bajísima, y ese porcentaje que tenían que darle a la comuna nunca llegó a existir. Apenas les alcanzaba para ellos. Ni siquiera estoy seguro de que la asignación que tenían fijada por el gobierno, esa especie de sueldo que se había estipulado que recibieran, se llegara a hacer efectiva con las ganancias de lo producido. Y por supuesto que el que iba al comité en la capital quería cobrar lo mismo que el que se quedaba trabajando. Ahí ya empecé a sospechar que era muy difícil que funcionara.

Sobre el mundo socialista yo ya había tenido un primer desencanto. Pero lo que nos tocó vivir en Chile era tan nuevo, tan estimulante, que me volví a entusiasmar. No sólo en cuanto a que fuera el primer paso hacia la creación de un nuevo mundo, sino que era muy interesante en sí mismo. ¿Cómo se podía hacer para encontrar nuevos modos de producción que fueran un poco más justos, más equitativos? No era algo que me pareciera interesante sólo a mí. Todo el mundo tenía los ojos puestos en lo que era una experiencia única y que a nosotros nos estaba tocando vivir de primera mano. Pero cuando veías la forma en que se estaba dando parecía claro que no había por dónde. Era muy difícil que eso funcionara. Al menos en esas condiciones.

Entonces, como te digo, fue una especie de segundo desencanto. Y que tiene que ver, como siempre, con el ser humano. Y no es que me desencantara del ser humano, no, el ser humano es como es, somos como somos, pero siendo de esa manera estas ideas tan lindas era muy difícil que funcionaran. Al menos como se estaban implementando. Aunque en realidad no hubo mucho tiempo para el desencanto porque enseguida llegó el golpe.

14

Nosotros éramos de la clase dorada, como se decía allá, porque al ser de un organismo internacional tu padre cobraba en dólares. En realidad Flacso dependía de la Unesco pero no era un organismo internacional reconocido. Por eso a vos no te quisieron anotar como argentino. Naciste en Chile y tenías documento chileno, pero nosotros quisimos anotarte como argentino y a tu papá le dijeron que si hubiera estado en un organismo internacional habría podido, pero que al no ser así no podía. Años después apareció esa posibilidad pero en ese momento no quisieron porque Flacso no era un organismo internacional.

De hecho cuando llegó el golpe nosotros nos sentíamos muy protegidos pero no era así. Ni siquiera trabajando en Naciones Unidas, que sí que era un organismo internacional reconocido, había verdaderas garantías. Nosotros creíamos que sí, pero ahí tenés el caso de Carmelo Soria, que era muy amigo de tu papá y al que liquidaron siendo de la ONU. El caso fue bastante sonado porque al ser extranjero y de Naciones Unidas se armó todo un revuelo. Él fue el que nos llevó a Maitencillo y nos presentó a los Hermansen. Por él fue que alquilamos esa cabaña en la costa durante todos esos años. Su mujer había sido legisladora por el partido comunista, pero a pesar de eso cuando vino el golpe no se fueron porque al estar él trabajando en Naciones Unidas se sentían protegidos.

La cuestión es que en la época de la Unidad Popular para nosotros estaba todo bastante bien. Habíamos cambiado de casa y de barrio y vivíamos bien. Y apareciste vos, así que éramos una familia feliz. Imaginate que tu papá cobraba cuatrocientos dólares y con cien ya vivíamos. La casa que nos compramos nos costó cuatro mil, es decir que con los ahorros de un año ya casi la pagábamos. El problema era que había una escasez enorme. No llegaban las cosas a los supermercados. Por un lado el peso chileno estaba muy bajo, así que todos los días salían los camiones llenos de mercadería a vender a Perú y a Bolivia para hacer una diferencia. Por otro lado había líos en el campo porque con lo de la reforma agraria se tomaban las tierras y todo era muy caótico y la producción había bajado mucho. Nosotros, como te digo, vivíamos bien, pero era muy difícil conseguir comida. Y no sólo comida. Cuando nos compramos la casa quisimos hacer una reforma y no se conseguían ni baldosas para las paredes del baño. Y si las llegabas a conseguir ponías las que conseguías, ni se te ocurra andar queriendo elegir el dibujo o el color. Hicimos lo que pudimos y al final quedó bastante bien. Y gracias a esa reforma fue que la vendimos volando cuando tuvimos que irnos.

Yo estaba de dueña de casa, porque con un chico de cuatro años y otro recién nacido te imaginás que no era mucho lo que podía hacer. Y el asunto era conseguir víveres. Había que ir todos los días a hacer la cola para que te dieran lo que fuera, un paquete de fideos, un kilo de arroz, lo que fuera. Íbamos todos. En esa época estaban tus abuelos en Chile y ellos también iban a hacer cola. Las familias iban con todos sus hijos, que siempre eran muchos, y todos hacían la cola y recibían su paquetito. Era complicado. Dedicabas gran parte del tiempo a eso, a conseguir comida. También había otras cosas. Por ejemplo yo había decidido aprender a manejar porque en Santiago era muy difícil moverse sin coche. Iba con tu hermano de la mano y con vos adentro de la panza y en Santiago no había taxis y el transporte público era un desastre, entonces con tu papá decidimos que había que comprar otro coche y que yo tenía que aprender a manejarlo. Pero era muy difícil porque no había coches en los concesionarios y había que anotarse en lo que se llamaba el Estanco Automotriz, e ir aportando hasta que un día te decían que había uno disponible y que te lo podías llevar. Como nosotros pagábamos en dólares eso aceleró bastante el trámite y lo conseguimos más rápido. Me dieron una Renoleta que era un desastre y que al tiempo tuve que vender. Todo era complicado. Para todo había que tener algún resorte, y si no lo tenías había que bancarse la espera. Todo era muy caótico porque transformar toda una administración en una administración socialista era muy difícil y requería mucho tiempo.

A pesar de todo nosotros estábamos contentos. No teníamos problemas de plata y creo que nadie los tenía porque la vida era regalada. Los problemas eran de abastecimiento. Se empezaron a organizar lo que se llamaron las Juntas de Abastecimiento y Precios para que todo se distribuyera bien y no hubiera acaparamientos. El problema era que las JAP las manejaba gente que disponía el gobierno y el poder que tenía el que manejaba la JAP en el barrio era tremendo. Si era buena persona, bien, pero si no obviamente que hacía diferencias entre sus conocidos o los que le caían bien. No era que las directrices bajaran del gobierno como en el caso de Rusia, eran cuestiones más personales que dependían de las simpatías de cada uno. Se decía que la gente de izquierda tenía privilegios, pero la verdad es que nosotros y nuestros amigos éramos todos de izquierda y hacíamos las colas como todo el mundo. Si conocías a alguien seguramente había algunas cosas que se te hacían más fáciles, pero no era una cuestión del partido sino de las personas. La gente es la gente y eso siempre es así.

Más allá del tema del desabastecimiento no había muchos otros conflictos, dice mi padre. Lo que pasa es que la situación estaba muy tensa por los rumores que corrían. Casi desde el principio la clase media empezó a trabajar en generar malestar contra el gobierno para tratar de desestabilizar. Se hacían correr rumores de que iba a salir una ley que le iba a quitar los chicos a las familias para mandarlos a Cuba a adoctrinarlos. En los garajes de las casas la gente estacionaba los coches de frente para poder salir corriendo en caso de que se produjera la invasión de los comunistas que algunos creían que estaban esperando en la frontera. Una cosa alucinante por donde se la mirara, porque había un ejército y nunca hubo nadie en ninguna frontera, pero la gente se lo creía. Y la CIA, que estaba muy metida, ayudaba también a difundir los rumores, a complicar las cosas. Habían llegado a acuerdos con algunos diarios y trabajaban constantemente en desinformar y en asustar. Y había provocaciones permanentes a los funcionarios del gobierno. La presión de la clase alta, sobre todo de las mujeres, era tremenda. Hubo un episodio muy sonado de una mujer que acercó su coche al del general Prats y le empezó a hacer gestos obscenos, y el general Prats, que ya estaba harto de que lo increparan por la calle, sacó su revólver y le ordenó que se detuviera. La mujer no le hizo caso y el general disparó contra una de las ruedas del coche. Parece que la mujer tenía el pelo corto y que Prats pensó que era un hombre, y se armó todo un revuelo porque lo acusaron de haber intentado matar a una mujer desarmada. De todas maneras eso ya fue hacia el final, cuando el golpe era casi inminente. En los primeros años el mayor desgaste era el desabastecimiento. Paralelamente a las JAP había un mercado negro en el que se podían conseguir cosas. Y nos había llegado el rumor de que uno de los lugares en los que ocurría era en el mercado de Providencia. Y un día tu abuela nos contó que estaban pasando en colectivo frente al mercado de Providencia y tu hermano le preguntó en voz alta si ése era el mercado negro. Tu abuela casi se muere. Además había algunas casas en las que se vendían cosas y uno iba, pero no se podía elegir. Te vendían por ejemplo una caja que por ahí tenía doce botellas de cinco litros de aceite, y entonces había que ponerse de acuerdo y comprarla entre varios. Lo que había lo comprabas y después veías cómo repartirlo. Nosotros por vivir en un barrio bueno teníamos algunos privilegios que otros no. Pero seguramente los que tenían acceso a la tierra también conseguían cosas que a nosotros no nos llegaban. Por ahí alguien que tenía un campo carneaba un animal y vendía la carne sin pasar por los canales oficiales, ese tipo de cosas. Y si tenías suerte y te enterabas le podías comprar un pedazo.

A nosotros Allende nos parecía muy bien, dice mi madre. Nos gustaba escucharlo hablar, nos gustaban sus gestos políticos. Lo de la nacionalización del cobre, por ejemplo, fue increíble. No te digo que fue como cuando salió elegido pero casi. Me acuerdo que estaban los Groissmann de visita y que fuimos a escucharlo al acto que se hizo en Rancagua y fue muy emocionante. Era algo muy importante y que cambió para siempre el futuro de Chile. Quitarle el cobre a las compañías americanas y dárselo al país fue un logro tremendo y le costó muchos enemigos. Pero lo hizo. Parecía casi irreal que lo hubiera conseguido. Yo creo que Chile nunca se lo ha terminado de agradecer como es debido.

El problema fue que la democracia cristiana, que le había dado sus votos, se arrepintió muy pronto. Rápidamente en el Congreso se pusieron del lado del partido nacional y entonces la cosa se puso muy difícil. No lo dejaban legislar porque no tenía mayoría en el Congreso. Ya en el setenta y dos la cosa estaba muy complicada. Un hito importante y por el cual toda la clase media se terminó de decantar fue el proyecto de educación que pretendía igualar el acceso a la enseñanza. Eso volvió a todo el mundo en contra. Ahí la democracia cristiana dejó de apoyar definitivamente. Imagínate un país como Chile, tremendamente clasista, en el que la gente bien mandaba a sus hijos a colegios de elite que en general eran de la Iglesia, imagínate que les quisieran imponer una enseñanza única, laica, gratuita y universal, en la que los hijos de las familias acomodadas iban a tener que compartir pupitre con los hijos de los obreros. Les resultó intolerable. No lo pudieron aguantar. La otra cosa que tensó mucho la cuestión fue el tema de los camioneros.

Empezaron a hacer paros y cortes de ruta y tu papá por ejemplo tuvo que suspender su investigación porque ya no podía ir al campo. De repente ya no era solo una cuestión ideológica, porque si no podía seguir con la investigación tenía que responder a la fundación Ford, que era la que le pagaba el sueldo, y en la práctica era como quedarse sin trabajo. Y con las rutas cortadas el tema del desabastecimiento se agravó muchísimo y la gente estaba cada vez más furiosa. Y la CIA ahí metida ayudando a que todo fuera lo más difícil posible. Y empezaron a llegar los alimentos de fuera, el cerdo de China, todo congelado, y a la gente de clase media para arriba, que estaba acostumbrada a unos niveles de consumo altísimos, todo aquello le parecía insoportable. Es verdad que los productores ya lo tenían muy complicado por el tema de los precios y lo caótico de la situación, pero también sabían que si no entregaban los productos contribuían a tensar la cosa. La prueba está en que al día siguiente del golpe, el abastecimiento se regularizó y los mercados volvieron a tener productos frescos. Y eso no es algo que se solucione de la noche a la mañana si no hubiera habido gente contribuyendo a que las cosas no llegaran.

En el año setenta y dos hubo un par de elecciones complementarias en el Senado y ya se pudo palpar el malestar que había respecto del gobierno de la Unidad Popular, me dice mi padre. Y en realidad era entendible. Entre la amenaza de que los comunistas te robaran a los chicos y que no podías comprar gasoil para calentar las casas ni comida para poner en la mesa la vida se había vuelto muy complicada. ¿A santo de qué alguien iba a querer seguir aguantando? ¿Qué se les ofrecía a cambio? Los que creíamos en la utopía podíamos agarrarnos de eso, pero los que no, ¿por qué no iban a querer que se terminara? En lo concreto la vida se había vuelto muy incómoda. Sumále a eso que había muchos conflictos internos en la propia Unidad Popular. Los del MIR acusando a los comunistas de ser unos burgueses, los socialistas pidiéndole al presidente que no frenara las expropiaciones. A principios del setenta y tres ya se podía sentir que aquello iba a explotar. Mis esperanzas a esa altura la verdad es que eran muy bajas. De hecho yo creo que el golpe fue innecesario entre otras cosas porque la cosa se hubiera caído sola. Pero nosotros, aunque lo intuíamos, seguíamos para adelante y hacíamos lo que podíamos para ayudar a que no se desmoronara. A pesar de todo lo oscuro que se presentaba el panorama, había una cierta esperanza, una especie de solidaridad, un hacerlo porque hay que hacerlo por más que cada vez fuera más claro que no iba a servir de nada. No sé qué es lo que creíamos que podía pasar. ¿Que la Unión Soviética iba a venir a ayudar y que las cosas se iban a enderezar de repente? Yo, como te digo, a esa altura tenía muy poca confianza. Y así y todo seguíamos trabajando como si la tuviéramos. O quizá en el fondo la teníamos, qué sé yo. Seguíamos siendo fieles a lo que habíamos elegido. Hasta que pasó lo que pasó.

15

Hay muchas cosas que pasaron esos días de las que no tengo memoria. Y es raro porque yo soy un tipo memorioso. Por ejemplo esa pareja de argentinos a la que llevé a la embajada y que se llevaron justo antes de entrar, supongo que lo normal hubiera sido que yo preguntara qué les pasó, si al final los largaron, si consiguieron salir. Pero si lo pregunté no me acuerdo qué me dijeron. No me acuerdo qué fue de ellos. Y mirá que, como te digo, yo soy un tipo memorioso.

Pinochet traicionó, dice mi madre. Pensaron que iba a haber una parte del ejército que iba a apoyar a Allende y no pasó. Pensaron que iba a haber un levantamiento de los obreros y eran menos de los que se creía y estaban mal armados y los aniquilaron a todos. Cuando trataron de defender la posesión de las fábricas los desalojaron y los fusilaron. Y en el campo lo mismo. Las tierras que habían sido expropiadas fueron desalojadas y murió mucha gente.

Desde mi punto de vista yo no soy un tipo frío, dice mi padre. Es cierto que por mi historia personal y por todo lo que me pasó de chico, muchas veces he tenido que levantar una coraza para protegerme y hacerme fuerte, pero tengo una gran capacidad de fantasear acerca del futuro y de imaginarme las cosas. Por ejemplo te cuento un detalle. Yo de chico trabajaba en ese estudio jurídico que te conté, y dos o tres veces por semana me tocaba ir a tribunales en La Plata, y para eso tenía que tomar un colectivo en la avenida Pavón, que quedaba a unos veinte minutos caminando de donde yo vivía. Y lo único que rogaba durante el recorrido era no encontrarme con nadie conocido porque iba a tener que hablar, y si tenía que hablar me robaba tiempo para imaginarme cosas. Lo que te quiero decir es que siempre fui un enamorado de la fantasía, desde los nueve años que me enamoré de la secretaria del colegio al que iba. Y lo de Allende, sin embargo, que era lo que más me tendría que haber hecho fantasear, pienso que de alguna manera no me lo terminaba de creer. O quizá no quería creérmelo por si después tocaba desencantarse, vaya uno a saber. Y sin embargo cuando se acabó fue muy duro. Fue un golpe muy duro.

Vino la parte fea, dice mi madre, pero no sabíamos que iba a ser tan cruel. Había mucha saña, mucho revanchismo. En Argentina había habido muchos golpes pero no tan crueles ni tan organizados. Todo tan preparado, hasta los estadios ya dispuestos como centros de detención. Tantos muertos en tan poco tiempo. Me acuerdo mucho del día en que llamó Pito para despedirse. Él era militante comunista y trabajaba en la universidad, y no sé cuántos días habían pasado, si dos o tres, pero ya era el caos total y todo el mundo escapándose y escondiéndose. Y él nos llamó y nos dijo que se iba. Nos enteramos de que le habían «encontrado» un arma en su escritorio de la facultad. A él, que no sabía ni cómo agarrar un cuchillo.

Se metió en la embajada de Francia y le avisaron a su mujer y a los chicos y se fueron todos. Me acuerdo mucho de esa despedida por teléfono. Él no podía hablar mucho. Nos despedimos así medio rápido y se mezclaba el dolor de no saber si nos volvíamos a ver con la alegría de que pudiera irse, de que pudiera salvarse. Creo que se fueron a Canadá primero y después se mudaron a Europa y a él le agarró un cáncer y se murió, pobrecito. Nunca volvimos a verlo.

16

Esa mañana nos despertamos y desde muy temprano se escuchaban los vuelos rasantes de los aviones que pasaban sobre las casas. Y tu papá ya no fue a trabajar porque había tropas en las calles. Unos días antes yo había viajado a la Argentina y me fui muy inquieta porque pensaba que quizá a la vuelta ya no me iban a dejar entrar. A los dos días, de hecho, se cerró la frontera. Y encendimos la radio y a media mañana anunciaron que Allende se iba a despedir. Se me hace un nudo cuando me acuerdo. Después escuché el discurso varias veces, pero en ese momento fue muy tremendo. Él se despidió. Un ratito antes de matarse se despidió. Acusó a los generales traidores. Empezó a nombrarlos uno por uno, los que eran leales y los que no. «Señor Merino, almirante autodesignado, señor Mendoza, general rastrero que hasta ayer manifestara su lealtad al gobierno.» Para que la historia los juzgue, decía. A Pinochet ni lo nombró porque pensaba que lo habían capturado. Todavía creía en él. Ahí fue cuando se dio cuenta de que se había quedado solo. Creo que era un lunes. Él estaba en la Moneda y fueron sólo las personas más cercanas. Y empezaron a bombardear el edificio y cuando él habló de entregarse hizo salir a todos y se pegó un tiro. Al principio creímos que lo habían matado pero al final parece que se suicidó. Estaba su hija embarazada, había mucha gente. Y los detuvieron y después soltaron a algunos y a otros no. Y empezaron los comunicados desde distintos lugares de Santiago, desde distintos sectores de las fuerzas armadas, y uno pensaba qué hacer, qué hacer. Y la cosa se puso muy dura. No se podía andar por la calle. Después dejaban salir un par de horas al día. No te podías comunicar con nadie. La gente trataba de hablar por teléfono pero tampoco se podía mucho. Muchos se escondieron, fue todo un desastre. Y empezamos a enterarnos de que había matanzas y escuchábamos las balaceras. Había gente subida a los techos que quería apoyar a Allende, pero era muy poco lo que se podía hacer contra el ejército y la verdad es que todo fue muy rápido. No hubo casi resistencia. Hubo, pero duró muy poco.

Viniendo de Argentina la posibilidad de un golpe de Estado era algo muy tangible, me dice mi padre. De hecho lo que no se entendía era que todavía no hubiera ocurrido. Para nosotros era un poco como vivir en una película. Y es raro, porque si bien era entendible que el golpe se produjera, y a pesar de que te digo que de alguna manera lo esperábamos, cuando llegó fue muy duro. Nos impactó muchísimo. Incluso antes de saber que se iba a poner tan feo. Podía ser que fuera una película, pero era nuestra película. Y ver que se acababa fue muy duro. Por tres días no se pudo salir a la calle. Comíamos lo que teníamos en casa y escuchábamos la radio. Y a las pocas horas empezaron los comunicados militares. Comunicado número uno, comunicado número dos. Me acuerdo de uno que decía «a la población chilena, no tiene de que preocuparse, sólo tienen que preocuparse los comunistas, los delincuentes y los extranjeros». Y nosotros delincuentes no, pero las otras dos cosas sí que éramos.

El barrio era más bien de derecha. En la casa de al lado y en la casa de enfrente tenían una foto de Onofre Jarpa, el que después fue ministro del interior de Pinochet, colgando en la entrada. Por suerte la nuestra era una casa abierta a la que venían a jugar todos los chicos del barrio y en ese sentido a nadie se le ocurrió que pudiéramos ser guerrilleros ni nada parecido. Éramos una familia normal, de argentinos, pero más bien normal. Eso creo que nos salvó. Un día vino un vecino que era de la Unidad Popular y nos pidió que le prestáramos una radio para poder oír las noticias. Al día siguiente vino a pedir una pila porque se le había acabado. A los dos o tres días, cuando estaba claro que la cosa venía fea, el tipo se fue y nunca más lo vimos. Al tiempo vinieron a vivir a esa casa unos uruguayos que eran buena gente. Un día buscando un número en la guía de teléfonos se encontraron con un papel que decía «vecinos del barrio confiables a los que se les puede pedir cosas», y entre otros números estaba el nuestro. Por suerte lo encontraron los uruguayos y nos lo vinieron a decir. Si lo encontraban los milicos ahí se acababa todo.

Y se desarmó la Flacso, dice mamá. Se desarmó todo. En un ratito se desarmó todo. De alguna manera sentíamos que no era un tropiezo, que era un hundimiento. Porque acá no había habido ninguna violencia. Acá se había llegado por elecciones libres. Y de repente la CIA se aliaba con la clase alta porque unos estaban ofendidos y a los otros les venía mal la nacionalización del cobre y de algunas minas y bajaban la cortina, es decir que se empezaban a ver intereses claros que no iban a permitir que la cosa cambiara. Y todo eso que habíamos conocido, como la peña de los Parra y los lugares a los que se podía ir a charlar de política y de cambio y a ver teatro y a escuchar folclore, todo eso se terminó para siempre. Creo que para ese entonces Violeta Parra ya se había matado, pero cantaba otra gente como Víctor Jara y uno iba y los escuchaba. Y un día te enterabas de que lo tenían en el estadio Chile y al otro de que lo habían matado. Parece que le cortaron las manos con las que tocaba la guitarra. De un día para el otro todo se acabó. Y el mundo volvió a ser de la gente bien. Para los que eran de ahí todo volvió a ser como era. Pero para nosotros, que no habíamos conocido lo de antes, todo se había acabado. Años después fuimos a Valparaíso y había un borrachito que nos ayudó a estacionar el auto, y nos pusimos a charlar de esa época y en un momento él nos dijo «porque cuando Chile era Chile...». Se refería a los años en que el país les había pertenecido. Por un ratito fue de ellos y lo volvieron a perder. Y peor en realidad, porque antes estaban abajo y eran pobres, pero no se les venían los ejércitos encima. Podías ser comunista incluso y te dejaban vivir. Ahora ya no, ahora te aplastaban. Por un ratito tuvieron un país y se lo sacaron de las manos.

Al principio estábamos expectantes de lo que iba a pasar, me dice papá, hasta cuándo iba a durar el toque de queda y eso. Al tercer día ya se pudo salir a la calle un par de horas y cuando llegué a Flacso me encontré con que empezaban a llegar familias con valijas y con sus hijos para pedir asilo. En el imaginario de la gente Flacso era un organismo internacional y creían que si llegaban hasta ahí podían refugiarse y estar a salvo. En realidad no era así, pero parece que el rumor funcionaba también para los milicos porque lo cierto es que nunca entraron.

Entonces teníamos a toda esa gente que necesitaba asilo, y nuestro trabajo de repente se convirtió en armar toda una logística que consistía en ir viendo qué embajadas estaban vigiladas y cuáles no para llevar a la gente. Por suerte teníamos patentes de organismo internacional en nuestros coches, cosa que no éramos, pero que nos vino muy bien para circular con cierta facilidad. Al principio era más sencillo porque las embajadas no estaban vigiladas. Después pusieron vigilancia y la cosa se puso más difícil. Los primeros días la actividad fue frenética. Yo prácticamente no dormía. Cuando la cosa empezó a aflojar fue que me agarró por revisar los libros que la gente tiraba. Algunos los recogía directamente de la calle y otros los traía la propia gente a Flacso. No sé por qué lo hacía. Para salvar algo, supongo. Me acuerdo que la policía armaba montañas de libros y los quemaba en la calle, a la vista de todos, como hacían los nazis. Supongo que para meter miedo y para dejar claro quién mandaba. Cuando me quise dar cuenta tenía un montón de libros que no sabía dónde meter. Tiempo después alquilé una baulera y los guardé ahí adentro y ahí los tuve durante años, hasta que volvimos a la Argentina.

Y mientras tanto vigilábamos las embajadas y veíamos cuál estaba libre y cuál no y llevábamos a los que podíamos. La mayor parte de las veces salía bien, pero no siempre. Me acuerdo un día en la embajada argentina. Lo que hacíamos era pasar por la puerta y comprobar si efectivamente estaba sin vigilancia como nos habían soplado, y ahí dábamos otra vuelta y recién entonces los dejábamos. Ese día, cuando los dejé, tocaron el timbre y por alguna razón tardaron en abrirles. Yo me quedé a media cuadra esperando a que entraran, pero los de la embajada siguieron tardando y en eso apareció un coche de policía y se los llevó. Era una pareja joven. Yo no los conocía. La mayoría era gente que no habías visto en la vida. Se acercaban a Flacso y nosotros los recibíamos y les buscábamos una embajada y los llevábamos. A veces nos encontrábamos con que la información era falsa y había policía en la puerta. Y había que seguir de largo con toda la tensión de que no nos pararan para preguntarnos nada. La mayoría de las veces conseguían entrar y zafaban. Pero a algunos los agarraban. Qué ibas a hacer. Había que seguir y llevar a los siguientes.

Yo tenía una ayudante de investigación que era brasileña. Su pareja era un negro grandote que había formado parte de un grupo de guerrilleros brasileños que habían sido canjeados por el embajador de Estados Unidos en Brasil, que había sido secuestrado por la guerrilla. Les dieron la libertad a cambio de que se fueran a algún país que ellos mismos eligieran y este tipo eligió Chile. Y un día esta chica me dice, Omar, tenemos que sacarlo a este tipo, así que vamos a buscar una embajada que esté libre y lo llevamos. ¿Vos te ocuparías? Le dije que sí, claro, qué iba a hacer, pero la verdad es que estaba asustado. Una cosa era que te agarraran con un militante comunista en el coche, pero este tipo era un guerrillero al que habían canjeado por el embajador de Estados Unidos. Si te paraban estabas jodido. Pero qué iba a hacer, era la pareja de esta chica y había que sacarlo.

Y los días que siguieron fueron muy raros porque muchos de nuestros vecinos apoyaban el golpe y frente a ellos teníamos que aparecer como gente neutral. Mientras tu papá se iba a llevar a la gente a las embajadas yo me paseaba por la calle con vos en brazos para que pareciera que todo era normal. Un día vino una vecina que tenía un marido que tenía algo que ver con la Fuerza Aérea y me contó que por suerte en las poblaciones ya habían logrado controlar a los sediciosos, y que ella misma había visto llegar a una sede de la FACH un par de camiones llenos de muertos. No lo decía conmovida, sino como si fuera un fastidio tener que ver qué hacer con tanto cadáver. Y me lo contaba con complicidad, como si yo fuera de su bando. Yo le dije que qué horror y me fui rápido para mi casa.

Además de las embajadas había algunos lugares que pertenecían a Naciones Unidas o al arzobispado que también recibían gente. A veces lograban protegerlos y a veces no. José Serra, por ejemplo, que por esa época también estaba en Flacso, estuvo detenido en el Estadio Nacional. Estaba casado con Mónica Allende, que era sobrina de Allende, pero a él lo detuvieron más bien por su militancia. Estaba en el estadio y todavía no lo habían interrogado, y andá a saber cómo convenció al guardia de que lo dejara salir diciendo que tenía que llevarle algo a un familiar —un medicamento o algo— y prometiéndole que esa misma tarde volvería. Y el chico lo dejó salir y por supuesto que no volvió más. Se metió en la embajada de Italia sin pasar siquiera por su casa y ahí estuvo seis meses esperando a que le dieran un pasaporte. La mujer, la sobrina de Allende, acababa de tener una bebita y se vino a Buenos Aires con ella y con la madre. Yo en esa época ya estaba ahí con vos y con tu hermano y los ayudamos a conseguir un departamento, y cuando tu papá venía traía noticias de José. Un día, en uno de esos viajes, llegó y le dijo que a José finalmente lo largaban, que iba a poder salir, y lloramos como locos. Era muy emocionante porque eran todas historias que uno tenía muy cerca, de gente joven, algunos con chicos y otros no, y cuando una salía bien la verdad es que te emocionaba mucho.

Pero claro, había allanamientos. Durante el día tu papá llevaba gente a las embajadas y yo me dedicaba a poner cara de buena persona, pero las noches eran muy tremendas porque de repente llegaba el ejército y cortaba la calle con dos camiones, uno en cada punta, y entraban a una casa y se llevaban a alguien. Y eso pasaba todo el tiempo. Un día pasó en la casa de al lado, porque la chica era la hija de no sé quién y vinieron los soldados y se los llevaron.

Yo al principio no estaba tan asustado, me dice papá, pero después sí que me fui poniendo más paranoico. Como había toque de queda, a partir de cierta hora tenías que estar en casa. Y cada cierto rato sentías las sirenas de los coches de policía que pasaban por alguna avenida cercana. Y ahí me empezó a entrar una neurosis bastante fuerte que consistía en que cada vez que escuchaba una sirena me ponía a calcular por donde iban para ver si me venían a buscar a mí. Y me ponía todo duro, esperando a ver si aminoraban la marcha al pasar por la calle de casa, y hasta que no seguían no me relajaba. Pasaban por Bilbao, que era una avenida que estaba a una cuadra, o por Tobalaba, que estaba a tres, y hasta que no notaba que se estaban alejando no me relajaba. Eso pasaba con frecuencia, a cualquier hora de la noche. En un momento dado la neurosis empezó a ser tan fuerte que empecé a levantarme de la cama y a vestirme cuando las oía, para que no me agarraran en pijama. Y cuando escuchaba que se iban me desvestía y me volvía a acostar. Y era una sensación muy contradictoria, porque por un lado estaba el alivio de que no me hubiera tocado a mí, pero por otro lado estaba la angustia de que le había tocado a otro. La verdad es que resulta bastante inexplicable que nunca nos haya tocado a nosotros. Si lo pienso desde hoy la única explicación posible es que se haya debido a ineficiencias del sistema. Si no, no se entiende. Lo más normal hubiera sido que nos hubieran chupado.

Le pregunto a papá si, a la luz de todo eso, no pensaba que había que irse. Me dice que con eso le pasó algo extraño. Meses antes del golpe, me explica, yo había contactado con Alain Touraine, un sociólogo francés que había venido a Flacso y que estuvo trabajando con nosotros durante un tiempo, y había arreglado para irme a París a hacer un doctorado con él. Estaba tomando clases de francés y él ya me estaba buscando un departamento para estar dos años por ahí. Pero cuando vino el golpe me pasó algo raro. Le escribí y le dije, me parece que me quedo. Pero Omar, me dijo Touraine, ahora no hay nada que hacer ahí, tenés que aprovechar para hacer el doctorado y después en todo caso ver de volver. Y la verdad es que eso hubiera sido lo más razonable, pero no sé qué me pasó que decidí quedarme.

Papá me cuenta que tenía dos alumnos bolivianos a los que por esos días agarraron para interrogarlos. Parece ser que en Bolivia habían sido del MIR boliviano, que era un partido muy normal, pero se ve que hubo una confusión con el MIR chileno que era un movimiento mucho más extremista y durante el interrogatorio «se cayeron» por la ventana. Estaban en un octavo piso. Le digo a papá que todo lo que me está contando es muy duro, pero que sin embargo no siento la dureza en su tono. Él se queda un momento en silencio. Luego me responde que tengo que pensar que eran días en que los muertos bajaban por el río Mapocho. Creo que lo que me quiere decir es que hay contextos en los que si alguien muere o se lo llevan es sólo una cosa más de las que pasaron ese día. Entonces insisto y le pregunto que por qué no se iba, él tenía una mujer y dos hijos y si la cosa era tan tremenda por qué no decidió que había que irse. No se lo estoy recriminando, sólo quiero entender. Papá se queda pensando y al cabo de un momento me dice que ya habían tomado partido. Qué íbamos a hacer, me dice, supongo que pensábamos que era lo correcto.

17

Es curioso cómo heredamos de nuestros padres los rasgos no genéticos. Debido a su origen humilde, papá nunca pudo compartir las preocupaciones del mundo que le tocó vivir con nadie que proviniera del lugar en el que había nacido, y nadie de su vida adulta podía entender lo que significaban para él la lucha de clases y la justicia social. Cuando más tarde entró a trabajar en Naciones Unidas, había dos cosas que mi padre disfrutaba por encima de cualquier otra. Por un lado, el hecho de dar clases de posgrado a sus alumnos venidos de todas partes de América, ya que en las explicaciones que les ofrecía tenía ocasión de intentar explicarse a sí mismo una parte de lo que le había tocado vivir. Por otro lado, sus incursiones a la humilde comuna de Pudahuel, donde formaba parte de un club de fútbol de cuarta división con el que disputaba un torneo en el que lo molían a patadas, pero donde se reía y bromeaba como no podía hacer con nadie de su entorno profesional. Se trataba, sin embargo, de momentos aislados, y no le era ajeno el hecho de que ante los ojos de sus compañeros de equipo aparecía como un argentino excéntrico que bajaba hasta los barrios pobres movido por quién sabe qué excéntricas motivaciones. Había en su vida una fractura de difícil solución, y que de alguna manera supo transmitir a sus hijos.

Mi abuela paterna tenía doce hermanas y su ascendencia italiana la obligaba a levantarse cada domingo a las cinco de la mañana para ponerse a amasar la pasta. Todos los domingos se ponían en el garaje de la casa de mis abuelos tres tablones largos apoyados en seis caballetes de madera que albergaban al enorme familión que allí se congregaba. No había primos de mi edad por parte de mi familia paterna, y lo cierto es que por crianza y por realidades afines, siempre tuve más relación con la familia de mi madre, pero recuerdo esas comidas con un enorme placer y con la sensación de que la vida, la vida real, debía de ser mucho más parecida a eso: sin tanta erudición pero con risas que no paraban y con fuentes de asado y de pasta que parecía que nunca se fueran a terminar. Ese humor, esa frescura, formó parte del paisaje de mi infancia tanto como los libros dedicados a mi madre por los escritores más consagrados. Supongo que es por eso que siempre me he sentido más cómodo riendo con marineros que con intelectuales. Nadie busca la frase perfecta y por eso a cada momento aparece en boca de cualquiera. Pero también debido a eso se ha producido en mi vida una fractura de difícil solución. Para ellos no soy más que un niño bien que se dedica a las letras y que por razones harto desconcertantes es capaz de compartir su sensibilidad y sus bromas. Pero siempre en condición de extranjero. Extranjero bien recibido, querido incluso, pero extranjero al fin. La misma extranjería que he sentido siempre entre los que se supone que son mis pares. La misma extranjería que me sugiere el hecho de que haya quien me piense como un intelectual.

Pero hay otras cosas que mi padre me transmitió sin saberlo y que no había comprendido hasta que no le pregunté por qué no se había ido de Chile cuando su vida y la de su familia estaban en peligro. Su respuesta fue que se quedó porque le pareció lo correcto.

Mis padres me transmitieron, cada uno a su manera, la sensación de que la caída de Allende había representado para ellos algo más que un tropiezo. Chile no era Cuba. No se trataba de una revolución que había alcanzado el poder imponiéndose por la fuerza. Se trataba de una vía hacia el socialismo nunca antes explorada que consistía en producir el cambio con el apoyo de las urnas. Si ese intento fracasaba, si los intereses locales y extranjeros se aliaban para interrumpirlo, entonces quería decir que había fuerzas mucho más poderosas de lo que nadie se había imaginado contra las que sería muy difícil luchar. Chile siempre había sido un país muy democrático, por eso muchos organismos internacionales se habían instalado ahí, y la caída de la Unidad Popular representaba el fin de esa larga tradición. No era sólo el fin de un gobierno, era el fin de una era y de una manera de hacer las cosas que había otorgado a Chile una identidad y una dignidad. Pero quizá era más que eso. Quizá el setenta y tres chileno marcó el final de una época en el mundo entero, una época en que hasta para hacer las cosas mal había que seguir ciertas reglas, en la que había ciertos códigos que se atendían hasta en la guerra, y en la que valores como la dignidad y el respeto a las instituciones todavía podían competir contra el poder del dinero. Cuando una parte de Chile aceptó aliarse con la CIA para restaurar el orden, de algún modo entregó su alma. Les arreglaron sus problemas, pero habían invitado al demonio a entrar en casa, y cuando eso ocurre ya no hay vuelta atrás. Me pregunto si en el mundo entero no estaría pasando algo parecido. Si palabras como honor, lealtad, justicia o esperanza no tenían hasta ese momento un significado que ya no volvieron a recuperar. Y también expresiones como hacer lo correcto, por más que eso suponga poner en riesgo la propia integridad.

Hubo un momento en que la gente era más proclive a pensar en términos de hacer lo correcto, un momento en que las acciones no se medían tanto contra el efecto inmediato que podían tener en nuestra vida sino contra un ideal que trascendía las propias circunstancias. Y por supuesto que podían estar muy equivocados respecto de lo que consideraban correcto y de los modos en que había que alcanzarlo, pero creían que el intento valía la pena y ponían ese valor por encima de cuestiones como la conveniencia o la seguridad. Sólo entendiendo eso es posible entender que alguien no quisiera dejar un barco que se hundía irremediablemente hasta que no se hubiera asegurado de salvar a todos los que pudiera. Había un valor de nivel superior que se imponía al de la propia conveniencia. La causa colectiva, por más que se supiera perdida, estaba por encima del interés individual. Y no había que ser el capitán para entenderlo así. A nadie le convenía quedarse pero muchos se sentían responsables por esa nave que habían puesto a flote, y por más que supieran que no podían salvarla, tenían el deber moral de no subirse a los botes antes de haber ayudado a la mayor cantidad de pasajeros posible. Y en ese gesto, quizá, el barco viviría, porque no se trataba del barco sino del gesto, de saber que de nada sirve salvarse uno mismo si mientras tanto dejamos que se ahoguen todos los demás.

La guerra no se termina cuando se firma la paz, sino cuando se ha hecho todo lo posible por ayudar a las víctimas. Así lo había entendido mi padre a partir de su militancia política, pero también a partir del ejemplo que había recibido de personas como el abogado Szlezynsky. Sólo cuando las tareas de rescate estuvieron concluidas sintió que era tiempo de pensar en retirarse. Y me gustaría decirle que ese gesto también llegó hasta sus hijos, junto a la idea de que hacer lo correcto vale más que la de la seguridad. Quizá por eso me he dedicado a escribir libros por más que sepa que no resulta rentable. Quizá por eso es que mi padre se dedicó a salvarlos cuando ya no podía salvar nada más.

Pero hay todavía otra cosa en ese hacer lo correcto que también heredé de mis padres. Algo más oscuro, más esquivo, más difícil de explicar. Algo que hasta ahora no había sido capaz de mirar y que, de no ser por este escrito en el que de pronto me vi embarcado, probablemente no habría tenido ocasión de concientizar. Muchas capas de memoria han ido cayendo a lo largo de estas páginas, la última de las cuales tiene que ver con el hecho de haber crecido en una guerra. Porque cuando estás acostado en tu cama y te vistes para recibir a los que vienen a matarte, estás viviendo una guerra por más que nadie la haya declarado. Y en una guerra se corren riesgos que en circunstancias normales no se correrían. Por un lado porque la muerte se ha vuelto ya tan cercana que se le pierde el respeto. Pero por otro lado —y esto es lo que resulta más escurridizo— porque la llegada de la muerte representa, a la par que una amenaza, una suerte de liberación, ya que implica el fin de la espera. Y la espera es muchas veces más jodida que la llegada. La muerte como liberación de la espera de la muerte. Haber vivido con esa sensación impregnando el aire en los días en los que uno está despertando al mundo deja una noticia que condiciona el apego que se siente por la vida, debilitando los lazos que nos unen a ella y haciendo percibir la propia existencia como una mera transitoriedad cuya conservación no justifica demasiados desvelos. Ante cualquier contrariedad, la posibilidad de irse se ofrece como una alternativa. Una noticia que también heredé de las circunstancias por las que mis padres tuvieron que atravesar.

El golpe en Chile fue en septiembre del setenta y tres. Para finales de noviembre ya empezó a estar bastante claro que no había mucho más que hacer ahí. Entonces llegó el momento de volver a pensar en nosotros, en qué íbamos a hacer nosotros. Flacso se había quedado sin alumnos y sin profesores, por lo que era evidente que, al menos en Chile, ya no tenía un lugar. Como director de la escuela de sociología, mi padre se sentó junto a Ricardo Lagos, que por ese entonces era el secretario general, para evaluar los posibles pasos a seguir. Y en eso estaban cuando recibieron el anuncio de que un programa en el que mi padre estaba trabajando en colaboración con Naciones Unidas se trasladaría a Buenos Aires, y que se le ofrecía la posibilidad de trasladarse con él. Entonces pareció evidente que había llegado el momento de regresar.

Mi madre partió primero con mi hermano y conmigo. Mi hermano tenía que empezar el colegio y a mi padre aún le quedaban algunos asuntos por resolver a la espera de que el traslado se hiciera efectivo. Pusieron en venta la casa y a los pocos días apareció un comprador. Era una pareja compuesta por una norteamericana y un chileno que el día de la entrega de la llave ya empezaron a traer sus muebles. Mamá me cuenta que a medida que sacaba nuestras cosas los nuevos dueños iban colgando sus cuadros. Entraba en una habitación para agarrar una valija y ya había ropa de ellos colgada en los armarios. Esa mañana era su casa y de pronto había otra gente viviendo ahí. Se subió al coche con las últimas bolsas en la mano y sólo atinó a ponerse a llorar. Todo lo que había sido su vida durante los últimos cinco años –junto con todas las esperanzas que allí se habían erigido– se había esfumado de pronto. Las siguientes dos noches las pasamos en casa de unos conocidos de mis padres, y al cabo de tres días, sin ceremonias ni despedidas, nos fuimos al aeropuerto y partimos hacia Buenos Aires.

18

1974 fue un año difícil para mi familia. Al llegar de Chile nos instalamos de forma provisoria en la casa de mi abuela. Se suponía que mi madre iba a buscar un departamento, pero el traslado de mi padre tardaba en concretarse y al final nos pasamos todo el año ahí. El día que llegamos mi madre se sentó en la cocina y se puso a hablar con mi abuela de todo lo que había pasado. Le contó de los aviones y de las bombas, de las tropas y de las matanzas. Le contó de los que se habían refugiado, de los que habían conseguido escapar y de los que habían sido capturados. Eran las cuatro de la mañana y no podía parar de hablar acerca de cómo había pasado todo, de cómo todo se había hundido. Mi padre venía de visita cada vez que podía, y cada vez que se iba a mí me agarraba una fiebre que me duraba dos o tres días. Por supuesto que yo no podía saber cuáles eran los peligros concretos, pero sí que los intuía en la tensión que invadía el ambiente. Siempre he creído que los sueños que todavía tengo de militares que me persiguen han de provenir de esos días.

Finalmente el traslado de mi padre se truncó, entre otras cosas porque las circunstancias en Argentina también se fueron complicando. El golpe allí no llegó sino hasta el año setenta y seis, pero a fines del setenta y cuatro la situación entre el ejército y los grupos guerrilleros ya era muy tensa y se combatía de manera cada vez más abierta. La triple A por su parte —la Alianza Anticomunista Argentina— campaba a sus anchas liquidando a cualquiera que tuviera que ver con el partido, y a diferencia de lo que ocurría en Chile, allí sí que mi padre figuraba como afiliado. Paralelamente pasó que desde CELADE —el centro latinoamericano de demografía que Naciones Unidas tenía instalado en Santiago— le ofrecieron a mi padre un contrato permanente. La directora —una panameña a la que todo el mundo temía pero con la que mi padre se llevaba muy bien— le dijo que ella no acostumbraba a robar funcionarios a otras instituciones y que por eso nunca le había dicho nada, pero que en vista de que Flacso se estaba desintegrando quería que se fuera a trabajar con ellos, lo que suponía, entre otras cosas, obtener la inmunidad diplomática. Así fue como surgió la idea de volver a Santiago. Al menos por un tiempo, hasta que el panorama se aclarara un poco. Después de todo allí estaríamos protegidos por la inmunidad que el nuevo trabajo de mi padre nos daría. Ese tiempo al final se tradujo en diez años, lo que tardó en volver la democracia a la Argentina. Viéndolo desde hoy, me dice mi padre, la decisión no podría haber sido más acertada. Muchos amigos de la época universitaria se habían pasado a la lucha armada y bastaba con estar en la libreta de direcciones de alguno para que te liquidaran. Por no hablar de que yo figuraba en los registros del partido. De habernos quedado, me dice, hubiera habido muy pocas probabilidades de que no desapareciéramos.

Así fue como se decidió nuestro regreso a Chile. Yo no lo podía creer, dice mi madre. Ya habíamos vendido la casa, ya no teníamos nada allá, pero la verdad es que viendo cómo se habían puesto las cosas no nos quedaban muchas alternativas. Me acuerdo que unos días antes de partir, los Groissmann me llevaron a un acto que había en la facultad de medicina en el que cantaba Mercedes Sosa. Yo por ese entonces ni la conocía, pero cantó canciones de Quilapayún y de Víctor Jara. Y todo era un revolvérsenos las tripas, porque uno había vivido todo ese proceso como algo muy personal, no era algo que hubiéramos mirado de afuera, y ahora había que volver a un lugar en el que no nos quedaba nada, porque toda la gente con la que convivíamos había desaparecido y todos los lugares a los que íbamos ya no existían. Había que volver a un país nuevo, a un país que ya no era ese en el que habíamos estado, y empezar de cero en medio de una dictadura. Claro que en Argentina la cosa se estaba poniendo casi peor y que ahí no teníamos ninguna inmunidad diplomática. Pero por lo menos era el lugar de uno. Ahora había que volver a ser extranjero en un lugar que no nos despertaba ninguna esperanza.

19

Y volvimos. Volvimos a ser extranjeros. En mi caso, además, en el lugar en el que había nacido. En lo cotidiano nuestra vida era bastante cómoda. Mi padre tenía un buen trabajo, nosotros íbamos a un buen colegio y no nos faltaba de nada. Pero como bien dijo mi madre, vivíamos sin esperanza. Yo en ese momento por supuesto que no lo comprendía, pero es imposible no sentirlo y no verse afectado. En algún lugar leí que la verdadera nostalgia no tiene que ver con el pasado, sino con el futuro, con aquellos días de fiesta en que todo merodeaba por delante y el futuro aún estaba en su sitio. Algo como eso era lo que se respiraba en Santiago por ese entonces, una nostalgia de futuro, la sensación de que no cabía esperar casi nada de lo que venía. No era sólo la irrupción de un Gobierno autoritario, era la sensación de que ese sueño que durante tanto tiempo se había perseguido era en gran parte impracticable, que más allá de que unos militares hubieran venido a truncarlo, había debilidades intrínsecas que le impedían tenerse en pie. Mi padre define el ánimo con el que sobrellevaron esa época como una mezcla de frustración y desencanto. Frustración en la medida en que habían vivido algo bueno que no había llegado a cuajar por culpa de los que lo interrumpieron. Desencanto en el sentido de que no había funcionado porque en el fondo no podía funcionar. La vida seguía y todos se las arreglaban para que fuera lo menos mala posible. Nos juntábamos con los amigos, me dice, gente de Naciones Unidas y de otros organismos internacionales, y hablábamos de política, pero en ese tono a medio camino entre la frustración y el desencanto. Una noche estábamos cenando en casa de una pareja amiga, y al llegar la hora del toque de queda alguno dijo ¿y si nos quedamos hasta que se levante el toque? Eso significaba quedarse hasta las cinco o seis de la mañana. Y en medio del entusiasmo decidimos hacerlo. Creo que a la hora ya nos habíamos arrepentido porque teníamos sueño y era tarde y en el fondo no era tan divertido.

Por esa época fue que empezamos a ir a Maitencillo, un reducto en el Chile pinochetista que recuerdo con especial cariño. Santiago era para mí un lugar ajeno. Lo recuerdo frío y mal iluminado, principalmente en invierno, esperando el autobús en alguna avenida desierta en una tarde de julio en la que a las seis ya había anochecido, volviendo de estudiar en casa de algún compañero cuyas costumbres y las de su familia me resultaban ajenas, en el modo de tratar de usted a sus padres, en la forma de relacionarse con el personal doméstico y en la formalidad con que todo eso ocurría. Fuera de mi casa todo era extraño. No se comían milanesas, no había dulce de leche en la heladera y en la mesa no se reía ni se hablaba de política. Los chicos casi no contaban más que para ser reprendidos por no guardar las formas y para decirles que se sentaran derechos y que no pusieran los codos en la mesa. Ni siquiera los clubes de fútbol me eran familiares.

Con dos semanas de retraso y por valija diplomática nos llegaba la revista deportiva *El gráfico*, donde mi hermano, mi padre y yo podíamos seguir la evolución en el torneo argentino de nuestro querido Boca Juniors. Y en nuestro colegio, si bien era considerado de izquierda en el imaginario santiaguino –debido a que había sido fundado por una congregación de curas que fueron expulsados de Chile por comunistas y en el que luego se inspiraría la película *Machuca*–, lo cierto es que la mitad de mis compañeros eran partidarios de Pinochet. Un día se me ocurrió pegar en el diario mural un dibujo que había hecho de un inodoro con la cara de Pinochet recortada de un periódico adentro, bajo el cual podía leerse «por un Chile libre y sin miedo, tire la cadena». La mitad de mi curso quiso lincharme, en parte por comunista y en parte por argentino. Al llegar a casa mi madre me explicó que eso que había hecho era muy peligroso y que no debía volver a hacerlo. No recuerdo las palabras exactas, pero sí que fue la primera vez que comprendí con alguna claridad el verdadero peso de la situación que estábamos viviendo.

En Maitencillo era distinto. Se trataba de un pequeño pueblo de pescadores que mis padres conocieron porque la directora de CELADE, la panameña que contrató a mi papá, tenía una casa ahí que nunca usaba y que solía prestarles. Así fue como se enteraron de que otro funcionario de CELADE, el español Carmelo Soria, también solía ir por ahí, a las cabañas de un tal Emilio Hermansen. Emilio era descendiente de daneses y había sido escenógrafo en el teatro municipal de Santiago, pero en determinado momento se había cansado de la ciudad y había construido con sus propias manos diez cabañas de madera que tenía en alquiler en un terreno que había heredado de su padre. En los meses de verano —enero y febrero en el hemisferio sur— las alquilaba a buen precio a quien quisiera pagarlas, pero el resto del año se reservaba el derecho de ofrecerlas por poco dinero a quien le cayera bien y comulgara con sus ideas. Carmelo Soria, antiguo militante comunista, era el encargado de reclutar a la selecta clientela, entre la que durante los siguientes diez años nos contamos nosotros. Había varios extranjeros, incluso algunos argentinos. Entre eso y el corte político aplicado al proceso de selección, el ambiente me resultaba mucho más cercano que cualquier rincón de Santiago. Íbamos cada fin de semana. Por la mañana me levantaba temprano, agarraba una caja de fósforos y papel de periódico, y me iba a caminar por el cerro que había detrás de la casa. Se trataba de un bosque interminable del que hoy ya no queda nada, invadido todo por casas de veraneo. En esa época uno podía perderse sin ver a ningún ser humano, y en cualquier claro que encontraba encendía una fogata y me quedaba mirándola hasta que me aburría. Entonces la apagaba sepultándola en tierra y volvía a la cabaña. Los sábados por la noche siempre había cena en casa de Emilio. Se organizaban tertulias dedicadas a las distintas especialidades de los asistentes —demografía, sociología, relaciones internacionales— se bebía a destajo, se charlaba de política, se compartían las miserias de ser de izquierda en el Chile de Pinochet, y se escuchaba lo que se decía en el mundo de lo que estaba pasando ahí a través de una vieja radio de onda corta que Emilio tenía. Mi padre siempre recuerda que al terminar las veladas Emilio se iba tomando lo que quedaba en cada copa. No hay que dejar los conchitos, decía, si no la servidumbre después se «cura». Por supuesto que no había ninguna servidumbre y que el que seguro que se «curaba» era él, al igual que la mayoría. Se trataba, como digo, de un rincón semanal en el que se podía ser libre y la gente lo sabía apreciar, o al menos así se aparecía ante los ojos del niño que yo era. Supongo que en esos inadvertidos momentos de alegría se basa el cálido recuerdo que tengo de ese sitio. Además de las caminatas por el bosque. Además del olor a leña que impregnaba el interior de las cabañas. Además de las excursiones por las rocas a las playas vecinas con el océano Pacífico siempre majestuoso y rugiente como telón de fondo. Creo que no me equivoco si digo que aún hoy esa es la imagen que evoco cuando evoco el mar, por más que lleve casi veinte años viviendo a orillas del Mediterráneo. Fuera invierno o verano, y después de un partido de vóley o de fútbol, mi padre nos agarraba a mi hermano y a mí y nos llevaba a bañarnos en esas aguas gélidas en las que nunca podías distraerte a causa de las fuertes corrientes, y en las que al entrar dolía la piel hasta que el frío la adormecía y la volvía insensible. Recuerdo pasar las mañanas sacando machas en la orilla y el día en que se hundió un petrolero y tuvimos que rescatar a todas las aves que se quedaron impregnadas en la marea negra. En esa misma arena aprendí a montar a caballo en una yegua de nombre Princesa que un lugareño nos alquilaba, y comprendí la felicidad de no tener dueño a través de una pareja de perros callejeros que siempre que íbamos se acercaba a saludar y a pedir algo de comida. Santiago era opresivo, silencioso, claustrofóbico. Rodeado de montañas que no dejaban entrar ni el aire. Maitencillo era horizonte y naturaleza irreverente. Allí podíamos ser mar y ser bosque y ser fuego. Allí podíamos reír y gritar bien alto que nos cagábamos en la madre de los que estaban matando a la gente. Creo que Maitencillo fue en realidad la patria de mi infancia.

Pero cada domingo había que volver a Santiago. Sé que no soy el único al que de niño angustiaban los domingos por la tarde, pero además de la vuelta al colegio los míos tenían ese matiz agregado. En cambio los viernes eran el pasaje a la libertad. A pesar de que aún recuerdo la mano de mi madre escondiendo las cintas de Silvio Rodríguez cuando nos detenían en algún control en la ruta. A pesar de que en el camino pasábamos por el penal de Puchuncaví y veíamos a las familias que acampaban junto a la puerta a la espera de que en algún momento les dejaran ver a sus presos. Uno de los recursos del régimen militar, aplicado a aquellos individuos que habían cometido alguna falta leve o que por alguna razón resultaban sospechosos, era enviarlos a prisiones comunes alejadas de su región de origen para que ni siquiera pudieran recibir visitas. De hecho existía una figura, la del relegado, al que ni siquiera privaban de su libertad, simplemente lo trasladaban lejos de su tierra para cortar los lazos con su gente y neutralizar así cualquier tipo de iniciativa en la que pudiera verse tentado a participar. Se trataba en muchos casos de gente muy humilde, cuya familia no contaba con recursos para ir a visitarlo, y que en consecuencia quedaban aislados en una suerte de exilio interno desde el que les era muy difícil rearmarse o conseguir trabajo, y que los condenaba a vivir prácticamente de la mendicidad. En cada pueblo había alguno y Maitencillo también tenía el suyo. Y Emilio Hermansen, siendo como era, un poco lo había adoptado. Emilio era un personaje respetado en la comunidad, tanto es así que en algunos actos públicos, y sin detentar ningún cargo oficial, muchas veces le tocaba decir unas palabras. Mi padre siempre recuerda cierta fecha patria en la que había venido el intendente de Puchuncaví y a Emilio le tocó hablar. Cada uno que subía al escenario saludada a las autoridades antes de empezar con su discurso. Señor intendente, señor director de la escuela, etcétera, etcétera. Cuando le tocó el turno a Emilio hizo lo mismo, pero con un pequeño agregado. Señor intendente, dijo y se escucharon los aplausos. Señor director de la escuela, y todos volvieron a aplaudir. Señor relegado, dijo a continuación, y se produjo un tenso silencio frente al que nadie supo cómo reaccionar. Emilio esperó un poco, como si lo disfrutara, y luego siguió adelante. Al último paria de la comunidad, a un proscrito, lo había colocado a la altura de las máximas autoridades. Fue la mejor manera que encontró de devolverle parte de su dignidad.

Las cabañas las llevábamos entre los tres, me explica mi padre, Emilio, Carmelo y yo. Entre los tres decidíamos a quién se le alquilaba y a quién no, y la verdad es que lo pasábamos bien. Una vez al mes Carmelo organizaba una cena al revés, en la que se empezaba por el café y el puro, después se comían los postres, después el plato principal, los entrantes, y al final el aperitivo. Quiero decir que la vida, pese a todo, transcurría con cierta normalidad, o al menos eso era lo que intentábamos que sucediera. Las cabañas estaban construidas en la ladera del cerro y Carmelo siempre se quejaba de que Emilio le había dado la primera, que estaba a pie de playa, pero que a causa de los árboles era la única que no tenía vista al mar. Yo le pido que aunque sea me pinte un cuadro para ponerlo ahí y poder verlo, decía. Era un tipo muy divertido. Una tarde, cuando salió de CEPAL, un coche salió detrás del suyo. Los días anteriores él ya había dicho que creía que lo estaban siguiendo. Cuando no llegó a su casa la familia empezó a preocuparse. A los dos días lo encontraron despeñado en el cerro San Cristóbal con las puertas del coche cerradas por dentro, como si hubiera sido un suicidio. La mujer agarró a los chicos y se fue a España y desde allá trató de denunciar, pero no pasó nada. Años después se retomó la causa y aparecieron los culpables, pero en ese momento no se pudo hacer nada. Y fue muy duro porque éramos los tres, Emilio, él y yo. El resto era gente que iba y venía. Pero no había nada que hacer. Había que seguir viviendo. Y no era que al año siguiente hubo una misa o un homenaje en memoria de Carmelo. Simplemente había que seguir viviendo.

Y seguimos viviendo. Seguimos yendo al colegio Saint George y jugando con los chicos de nuestra calle en el barrio de Pedro de Valdivia Norte. Y seguimos paseando por Providencia y por el Apumanque y por el Parque Arauco. Y seguimos jugando al billar los jueves por la tarde en un local de la calle Manuel Montt junto con mi padre. Y nos hicimos amigos chilenos que nos duran hasta hoy. Y fuimos a las manifestaciones que en los ochenta ya se empezaban a organizar. Y corrimos de la policía y respiramos gases lacrimógenos. Y cuando volvió la democracia en Argentina, terminamos de regresar.

20

Mi madre siempre se ocupó de explicarme que no éramos exiliados. Me lo decía sobre todo cuando aún vivíamos en Chile, lejos de nuestros orígenes, para que entendiera que ser exiliado era algo muy jodido porque a la gente que le ocurría no podía volver a entrar nunca más en su país ni ver a su gente, en cambio nosotros sí que podíamos ir a la Argentina y visitar a nuestros parientes, por más que hacerlo comportara un cierto riesgo, por más que, de habernos quedado, lo más probable es que no hubiéramos sobrevivido. Las palabras exiliado, opresión, preso político, dictadura, tienen una carga muy concreta y muy honda, y nunca debieran ser usadas a la ligera. Mi madre siempre se ocupó de recordármelo.

No éramos exiliados, pero a partir de los años que tuvimos que pasar en Chile nuestras vidas se fracturaron de un modo definitivo. La vuelta de la democracia a la Argentina coincidió con el año en que mi hermano terminó la escuela secundaria, y mis padres consideraron que era el momento adecuado para volver, ya que si empezaba la universidad en Chile probablemente terminaría casándose y armando su vida allí y la familia se desmembraría. No sabíamos, no éramos conscientes —ni siquiera sé hasta qué punto lo somos hoy en día– de que el daño ya estaba hecho. Mi madre, mi hermano y yo volvimos a partir dejando atrás a mi padre, quien en teoría se reuniría con nosotros unos meses después, cuando cumpliera los cincuenta y cinco y pudiera acceder a su jubilación anticipada. Si algo tenía claro mi padre era que por ningún motivo estaba dispuesto a regresar a la Argentina sin la cuestión económica resuelta. Su viejo instinto de supervivencia le decía que llegar a buscar trabajo a una ciudad que luego de dieciocho años ya le empezaba a resultar ajena era arriesgado a su edad. No le faltaba razón. Ni él ni mamá lograron nunca reincorporarse del todo a la sociedad argentina. Ni qué decir mi hermano y yo, que salvo el documento –en mi caso ni siquiera– todo lo que tenía que ver con nuestra formación había ocurrido mayormente en Chile, por más que allí siempre hubiésemos sido extranjeros, por más que todos nuestros tíos, primos y abuelos estuvieran en otro lugar. Además, para cuando llegó el momento de la jubilación anticipada de mi padre, en Argentina las cosas habían cambiado mucho y lo que en un primer momento parecía una buena entrada se descubrió de pronto bastante exigua, por lo que papá terminó quedándose cinco años más en Chile para poder acceder a la jubilación completa, y las idas y venidas a través de la cordillera se siguieron sucediendo. No podría contar la veces que atravesé los Andes tanto por tierra como por aire. Seguramente si pusiera sobre el mapa todos los recorridos de ida y vuelta se dibujaría una cicatriz que bien podría representar la fisura que se produjo en nuestras vidas.

Así fue que llegamos a nuestro nuevo hogar, un departamento de tres habitaciones en la avenida del Libertador, en el barrio de Belgrano. En esos primeros meses hablábamos poco entre nosotros. Mi madre, mi hermano y yo, cada uno en la soledad de su cuarto, intentábamos lidiar como podíamos con nuestros desgarros personales, más bien ausentes de lo que pasaba en la habitación de al lado. Mi hermano empezó la universidad, territorio desconocido para un extranjero no confeso al que le eran ajenos todos los códigos de la gran ciudad. Sólo de grande me enteré del miedo que eso le produjo y de lo desamparado que se sentía en esos primeros días, lejos de sus amigos y de todo lo que conocía. Yo hacía lo propio en la escuela secundaria en la que me apuntaron. No hablaba mucho con nadie y me consta que era un personaje bastante extraño a ojos de mis compañeros. Una cosa sí tenía clara: durante años había sido tratado como argentino en Chile y no estaba dispuesto a volver a pasar por lo mismo, y así se lo hice saber al primero que mencionó algo acerca de mi supuesta chilenidad.

La historia de las dictaduras y de los destierros esconde siempre desgarros mucho más sutiles que generalmente se ocultan bajo el peso del contexto, pero lo cierto es que la vida se juega más en esos detalles que en los acontecimientos recogidos en los libros de texto. Una vez escuché a un chico de diez años en un campo de refugiados en la República Democrática del Congo que, luego de haber perdido a toda su familia y con profundas incertidumbres acerca de sus propias posibilidades de subsistencia, declaró que lo que en verdad lo descorazonaba era saber que nunca se iba a casar. Me pregunto cuántos silencios, cuántas conversaciones no tenidas tomaron cuerpo entre mis padres por esos días, levantando una cordillera de desencuentros que tiñeron su pareja.

Mi hermano y yo sólo nos encontrábamos para ladrarnos y tardamos muchos años en normalizar nuestra relación. Probablemente algo de eso intuimos en Berlín cuando nos tocó ser testigos del abrazo de los que cruzaban el muro y se reencontraban luego de tantos años. Nos emocionaba el reencuentro, pero más nos emocionaba saber que había mucho más allí de lo que se podía contar. Que a diferencia de las películas, donde luego del abrazo vienen los títulos de crédito, en las vidas hay un día siguiente, y otro, y otro más, en los que tendremos que juntar los pedazos de lo que una vez fuimos para intentar armar con ellos un cotidiano habitable. Los dolores de cada historia quedan grabados en la carne y normalmente no se visitan. Las más de las veces ni siquiera sabemos que están ahí. Poca gente tiene la posibilidad de sentarse a revisarlos, de tratar de entender, de tratar de ordenar. Los libros de memorias que los más privilegiados se sientan a redactar al final de sus días no son otra cosa que un intento de dar forma a todo aquello que a lo largo de sus vidas quedó inconcluso, inacabado, truncado de algún modo. Narramos nuestras vidas –como lo estoy haciendo yo ahora– con la esperanza de conseguir otorgarles un sentido del que en realidad carecen, y relegamos los pasajes más dolorosos a sótanos olvidados, confiando en que de ese modo nos libraremos de ellos. Y así los heredamos a nuestros hijos. Cada uno de nosotros carga en el morral con los dolores no sanados de sus padres. Y ellos con los de los suyos, y así sucesivamente hasta llegar a Adán y Eva. La historia de la humanidad es la historia de los enfrentamientos, las humillaciones, las violencias, las invasiones, las explotaciones, las violaciones, las imposiciones y las ofensas que en conjunto y como especie nos hemos ido infringiendo, y nada va a cambiar mientras sigamos intentando dar con los culpables. Es nuestro propio dolor el que tenemos que sanar. Da igual que provenga de una guerra, de un destierro o de una mamá que no nos quiso. Al almacén del dolor le importa poco la procedencia. Sólo sabe que le duele y que lo quiere gritar. Y lo disfraza de ideologías y busca enemigos a los que apuntar con el dedo cuando en realidad se trata de un mismo pozo de dolor que llevamos siglos alimentando y que cuanto más pesado se vuelve más nos cuesta mirar. Hay veces en que es necesario que se haga insoportable para que nos rindamos a su evidencia, para que aceptemos que está ahí y que nada lo puede curar. Entonces ocurre que nos quedamos sin palabras. Los que sufren el horror de cerca no suelen ser los más exaltados ni los que más hablan de ello. La segunda guerra mundial se peleó principalmente en Europa. Estados Unidos *iba* a la guerra, mientras que Europa *era* la guerra. De los casi sesenta millones de muertos que la guerra dejó había sólo cuatrocientos mil norteamericanos, y todos eran soldados. La abrumadora mayoría de los demás eran muertos civiles. Ciudades arrasadas, vidas destrozadas. Generaciones con una herida que ya no se curaría. Estados Unidos nunca vivió la guerra en primera persona y su población nunca estuvo bajo una amenaza real, es por eso que la mayor parte de las películas acerca de la segunda guerra son norteamericanas. Los que viven el horror de cerca saben que no hay mucho para decir al respecto, sólo aprender a vivir con él porque no hay venganza ni consuelo que lo pueda reparar. Sólo dedicarse a trabajar por el bien y ayudar a los otros siempre que se pueda, como hacía el abogado Szlezynsky, para buscar en el consuelo ajeno un antídoto contra el propio dolor. Porque la única forma posible de luchar contra el mal es trabajando por el bien. Cualquier lucha contra cualquier mal no hace más que alimentar el mal, porque la lucha es en gran parte el mal del que nos debemos librar.

Hace unos meses volvimos a Berlín con mi hermano. No fue planeado. Él venía de un viaje por Europa y me propuso que nos encontráramos unos días ahí como podría haber sido en cualquier otro sitio. Sólo al llegar caímos en la cuenta de que hacía casi treinta años que habíamos estado ahí, rompiendo el muro juntos. Como un homenaje obligado visitamos el Checkpoint Charlie, el último control que vimos en funcionamiento. Resultó decepcionante. Turistas sonrientes, la mayor parte de los cuales no había nacido cuando el muro existía, que se sacaban fotos con unos chicos disfrazados de soldados a los que supongo que el Ayuntamiento había colocado ahí. Cuando estuvimos en el año noventa mi hermano y yo veníamos de la peor pelea que habíamos tenido en nuestra vida adulta. Por alguna razón que ya no recuerdo los ánimos se habían cargado a tal punto que en determinado momento paramos el coche en mitad de la ruta para trenzarnos a puñetazos. Mi padre intentaba separarnos, mi madre gritaba y los automovilistas alemanes observaban fascinados a estos pintorescos sudakas que se comportaban como animales. La guerra entre los ejércitos no ha de ser muy diferente. Igual de torpe. Igual de inútil. Igual de triste e injustificada. Luego de ese episodio nos fuimos en direcciones diferentes, él a Italia y yo a España, y no nos hablamos en meses. La siguiente vez que nos vimos fue en Chile. Cada uno había ido por su cuenta a visitar amigos allí, y en la puerta de la casa de un conocido común nos encontramos. Y nos abrazamos. Desde entonces y con toda nuestra buena voluntad, hemos ido estrechando lazos, sanando heridas. Intentando comprender el dolor del otro, que cuanto más lo entendemos más se descubre compartido.

Haber estado en Berlín en el año noventa fue importante para mí. Tenía dieciocho años y la política no me interesaba demasiado, pero había algo en esa historia que, como el aterrizaje en Rusia algunos años después, sentía que me pertenecía. Una mezcla del aroma de las historias que había escuchado en la cabaña de Emilio Hermansen con las imágenes que conservaba de la película *The Wall*, esa que había visto con trece años y que tanto me había impactado, mezcla de guerra y de infancia y de rock and roll y rebeldía que hablaba de libertades bien y mal entendidas, y que se tocaba en algún punto con ese impulso tan primario que todos llevamos dentro de querer ser libres, por más que nunca hayamos comprendido lo que eso realmente significa.

¿Qué celebrábamos realmente cuando celebrábamos la caída del muro? Hoy pienso que tal vez mi hermano y yo éramos de los más entusiastas justamente porque el hecho no nos tocaba tan de cerca. Y me pregunto si aquellos hombres rubios y aquellas mujeres orondas con los que intercambiábamos miradas y sonrisas mientras golpeábamos el concreto no habrán sido turistas como nosotros, más cercanos a los jóvenes que se sacaban fotos en el Checkpoint Charlie que a los berlineses para los que aquello poseía un verdadero significado. Siempre creí que para mis padres ha de haber sido todo un momento ver a sus hijos ahí, pero cuando se los pregunté me confesaron que ni siquiera reparaban en nosotros, ocupados como estaban en sus propias cavilaciones. Mi madre estaba más abiertamente emocionada. Le parecía que estaba muy bien que eso estuviera ocurriendo, que representaba el fin de una locura y de una división sin sentido y que auguraba el comienzo de una nueva era. Para mi padre el sentimiento era más contradictorio. No podía negar el hecho de que estaba bien que pasara. A la luz de las evidencias, la caída del régimen comunista no era algo con lo que uno pudiera no comulgar, pero en su fuero interno siempre había pensado que si un día ocurría sería porque el imperialismo lo habría derrotado, que habría impuesto su poder y su violencia para sojuzgarlo y extinguirlo. Que se cayera por su propio peso, sin que nadie lo propiciara, era algo que lo volvía todavía más triste. Después de todo era algo en lo que habían creído. ¿En qué había quedado todo aquello ahora, todos esos sueños de libertad y de igualdad y de solidaridad y de hombre nuevo? ¿Había que olvidarse de todo? ¿Era eso lo que había fracasado? ¿Ya no valía la pena esperar nada mejor del ser humano?

¿Qué celebrábamos cuando celebrábamos la caída del muro? Más allá de lo evidente, quiero decir, en términos de las dos tendencias políticas que estuvieron en pugna durante todo el siglo XX, ¿qué era lo que en realidad estábamos celebrando? ¿Que los Andrushkas y las Olgas que conocí en San Petersburgo tuvieran la posibilidad de acceder a unos vaqueros de marca? ¿Que las calles de Praga en las que aquel chico alemán me regaló su camiseta se llenaran de anuncios y de tiendas de diseño? ¿Que la nueva aspiración de los jóvenes que una vez quisieron cambiar el mundo fuera salir en las revistas y conducir coches de lujo? El comunismo había fracasado.

¿Y el capitalismo había triunfado? ¿Era un triunfo esto que estábamos viviendo? El régimen comunista había oprimido y encarcelado y torturado y asesinado. ¿Y no habían hecho lo mismo los regímenes que el capitalismo había colocado aquí y allá para impedir el avance del temido enemigo? ¿Qué celebrábamos realmente cuando celebrábamos la caída del muro? ¿Que el beneficio económico se transformara en nuestra guía? ¿Que los mercados se convirtieran en oráculos y el dinero en el nuevo Dios? ¿Qué es lo que había fracasado en realidad? ¿El régimen de Stalin, un dictador tan perturbado como cualquier otro, o la idea de que el bienestar individual tenía que estar ligado al bienestar colectivo? ¿Y qué es lo que había triunfado en realidad? ¿La persecución del lucro como el valor supremo? ¿El culto al consumo desenfrenado? ¿Los logros materiales como la única medida de la felicidad y el éxito de un individuo? ¿Era eso a lo que llamábamos el triunfo de la libertad?

Hace un tiempo escuché la declaración de un anciano ruso y comunista que reflexionaba acerca de la caída del régimen soviético. No era alguien que hubiera gozado de los favores del partido, era un hombre común que había entregado su vida a una causa en la que creía. Había conocido a su mujer y juntos habían decidido ir a Siberia para ayudar a hacer de esos bosques una tierra cultivable. Había pasado penurias inimaginables mientras se dejaba la piel en esa tarea ingrata que desempeñaba por opción. Cuando estalló la guerra con Finlandia fue enviado al frente. Un día en que avanzaban por un lago helado, los finlandeses los bombardearon, el hielo se quebró y todos sus compañeros murieron ahogados. Él fue rescatado milagrosamente y hecho prisionero. Cuando terminó la guerra, los ejércitos intercambiaron a sus soldados, y apenas llegó a su tierra fue acusado de traición y enviado de nuevo a Siberia, esta vez a los campos de trabajo. El pretexto era que si había sobrevivido era porque se había dejado atrapar, y eso era considerado una traición. Nadie me tiene que explicar a mí las atrocidades del régimen, decía el hombre. Por supuesto que se cometieron abusos y que se mandó a mucha gente a los gulags y que se asesinó a mucha otra. Eso no tiene ninguna justificación, pero tampoco tiene nada que ver con las ideas que defendíamos. A nosotros nos movía un ideal, creíamos en que el mundo podía ser mejor, soñábamos con dejarles a nuestros hijos un lugar en el que las personas se ayudaran unas a otras, donde el beneficio individual no se antepusiera al bienestar colectivo. ¿Qué culpa tenemos de que nuestros dirigentes se hayan corrompido? ¿Acaso no se corrompen en el capitalismo? Yo sólo le puedo decir que aquí no trabajábamos por dinero. El dinero nunca fue un tema para nosotros. ¿Se imagina un mundo en el que el dinero no importe? En ese mundo crecí yo. Hoy los jóvenes sólo piensan en el dinero, en hacer cosas que les den dinero, como si el dinero los fuera salvar. Nosotros soñábamos con cambiar el mundo. ¿Con qué sueñan los jóvenes hoy en día? ¿Con un Mercedes Benz? Soñar con un Mercedes Benz no es soñar de verdad.

21

En el capítulo cinco de la quinta parte de *Los hermanos Karamazov*, Iván Karamazov decide compartir con su hermano Alexéi el argumento de una obra a la que ha estado dando vueltas y que lleva por título *El gran inquisidor*. Refiere la historia del día en que Jesús, en el siglo XVI y en plena Inquisición, vuelve a bajar a la tierra precisamente en la ciudad de Sevilla, sede del Tribunal del Santo Oficio. Luego de realizar un par de milagros y de ser reconocido por la gente, Jesús es apresado por el gran inquisidor y encerrado en la cárcel del santo tribunal. Entonces tiene lugar el encuentro entre ambos. ¿Eres tú?, pregunta el viejo cuando hace su entrada en la celda. Claro que eres tú, se responde a sí mismo, y a continuación le recrimina que haya venido a estorbarnos. Porque has venido a estorbarnos y lo sabes, le dice. La postura del clérigo es, a grandes rasgos, que Jesús tuvo en sus manos la posibilidad de guiar a los hombres del único modo en que es posible hacerlo, con pan y con milagros, y que la desperdició por confiar en que la buena voluntad pudiera surgir espontáneamente del corazón humano.

El gran inquisidor no cree que haya que confiar en los hombres. Son seres viles, débiles y viciosos a los que es necesario tener bajo vigilancia y decirles a cada momento lo que tienen que hacer. Y no se trata de una crueldad ni de una tiranía, sino de algo que ha de hacerse por su propio bien. Lo peor que se puede hacer por los hombres es darles la libertad que tanto dicen que anhelan, pues de ese modo se descarrían, se pierden y causan infinidad de dolor a los otros y a sí mismos. Lo cierto es que la historia de la humanidad parece dar la razón al gran inquisidor. Jesús también sabe esto —no es ningún ingenuo—, y sin embargo, y contra toda evidencia, decide confiar en el corazón humano. Apuesta porque, en algún momento, el hombre sea capaz de despertar a la misericordia del cielo y haga descender el reino de Dios a la tierra. ¿Y eso qué significa? Que sea capaz de amar al prójimo como a sí mismo. Ni más ni menos. Pero no porque el prójimo sea un igual, sino porque —literalmente— son lo mismo. Y tanto cree Jesús en ello que es capaz de morir en la cruz para ayudarnos a comprenderlo.

A día de hoy parece haber pocas dudas de que Jesús se equivocaba y que el gran inquisidor tenía razón. Cada vez que hemos intentado confiar en la bondad de los hombres nos ha salido mal. Cada vez que un Cristo o un Buda han venido a hablarnos del amor fraterno los hemos desoído. Y peor aún, nos hemos aprovechado y nos hemos adueñado de sus palabras para fundar religiones en nuestro propio beneficio. El ser humano ha demostrado ser egoísta, impiadoso, mezquino y rastrero. Y es verdad que hay ejemplos que prueban lo contrario, pero en general no son muchos y si llegan a alcanzar cierta visibilidad pronto nos ocupamos de aplacarlos a golpes, a pedradas o clavándolos a un madero. Hasta ahora, al menos, no hemos dado señales de merecer que se nos tenga en mejor concepto. La pregunta es si creemos que somos sólo eso y que siempre lo seremos, o si confiamos en que en nuestro interior habita la semilla de algo mejor que un día puede hacernos cambiar.

Esa sigue siendo la gran disyuntiva, si creemos o no en el corazón humano. Y en el fondo la cuestión política no es más que una revisitación de lo mismo. Tanto el capitalismo como el comunismo nacieron del impulso humanista que se extendió por Europa hace unos tres siglos. De la mano del iluminismo y de la razón ilustrada nos habíamos librado de los dioses y habíamos alcanzado la mayoría de edad como especie. Por primera vez en la historia, el hombre se sintió dueño de su destino. Por primera vez en la historia pudimos concebir un concepto como el de «humanidad». Y en medio del entusiasmo de entendernos por primera vez como una única humanidad que avanza unida hacia un destino común, aparecieron las ideas de libertad, de independencia, de progreso y de igualdad. Armados con nuestra razón, que nos permitiría discernir entre lo que estaba bien y lo que estaba mal sin que ningún Dios trasnochado tuviera que venir a validarlo, podríamos crear el mundo de paz y de justicia con el que tanto habíamos soñado. Sólo había que conseguir que los hombres fueran iguales para evitar así las disputas y los enfrentamientos. Y allí empezaron las primeras contradicciones. ¿Cómo se conjuga la idea de libertad con la de igualdad? Y ¿se trata de una igualdad ante la ley o de una igualdad material? Algunos pensaron que mientras fuéramos iguales ante la ley y todos tuviéramos las mismas oportunidades podíamos dejar que fuera el mercado el que se encargara de regular la distribución de la riqueza. Otros creyeron que mientras no se partiera de una igualdad material las oportunidades nunca podrían ser las mismas. ¿Igualdad material o igualdad ante la ley? Los que creyeron en lo primero tomaron el camino del socialismo. Los que creyeron en lo segundo se volvieron liberales. Y el socialismo y el liberalismo, que habían nacido de la misma madre, pronto fueron protagonistas de un nuevo enfrentamiento. Y surgieron las disputas. Y los debates se acaloraron hasta transformarse en guerras. Unas guerras que terminaron partiendo al mundo en dos. Unas guerras que a esa altura ya creíamos superadas porque estábamos seguros de que, armados con nuestra razón, no debía haber diferencia que no pudiera zanjarse. Y después de mucho dolor y de mucha miseria y de mucha muerte, nos vimos enfrentados al mismo viejo dilema: ¿será que seremos capaces de cambiar un día, o estamos condenados a ser siempre el mismo animalito violento que hace siglos venimos conociendo?

Las motivaciones que alentaron la lucha de mis padres respondían a esta misma vieja pregunta: ¿podemos confiar en el ser humano? ¿Podemos confiar en que en algún momento tenga más en cuenta al prójimo de lo que lo ha venido haciendo en los últimos milenios? Todos sabemos que es miserable. A lo largo de la historia ha dado sobradas muestras de ello. Es egoísta, violento, rencoroso y ruin. La cuestión está en si creemos que siempre va a ser así o si existe la posibilidad de que un día pueda cambiar. Ese es, tal vez, el gran interrogante que cada uno debe resolver: si en el fondo de su corazón cree o no en el ser humano. Porque si no creemos en él, ¿por qué podríamos pensar que merece un mundo mejor? Y si no lo merece, ¿qué sentido tendría luchar por conseguirlo?

Tal vez, si existe algo parecido a la izquierda y la derecha hoy en día, haya que identificarlo con esto. Algunos creemos que el ser humano es mezquino y que siempre lo va a ser. Otros creemos que el ser humano es mezquino pero que tal vez pueda cambiar. Si creemos lo primero, lo mejor que podemos hacer es confiar en la ley y en los mecanismos de control para que lo mantengan a raya mientras dura su triste paso por este mundo. Si creemos lo segundo, quizá podamos soñar con que en algún momento se produzca el advenimiento de un hombre nuevo.

Mis padres creyeron en lo segundo. Sólo que enfocaron su lucha en la transformación de las estructuras externas, en la redistribución de la riqueza y en la propiedad de los medios de producción. Creyeron que si éstas se modificaban, la sociedad engendraría los mecanismos que posibilitarían la transformación de sus integrantes. La dura lección que les tocó aprender fue que, mientras los ejecutantes fueran los mismos, el recorrido conduciría siempre al mismo sitio. La herencia del impulso que movió a mis padres no puede buscarse ya en la modificación de las formas externas, sino en nuestro propio trabajo de transformación. Y no se trata de vestirse de blanco ni de pintarse un punto en la frente, sino de agachar la cabeza y de aceptar que el problema somos nosotros. Mientras sigamos siendo los mismos el mundo seguirá siendo el mismo. Lo que falló no fue el sistema, sino los encargados de llevarlo a cabo. Y si el fallo estuvo en nosotros entonces es en nosotros donde debemos trabajar. De nada sirve seguir enarbolando banderas con estrellas ni lanzar consignas revolucionarias en las manifestaciones. Los que así actúan no son los herederos del impulso que movió a mis padres, sino sólo individuos que repiten las formas del pasado a falta de una imaginación que les permita vislumbrar las formas nuevas. ¿Podemos mejorar? ¿Podemos evolucionar? Más allá del progreso material y tecnológico, ¿podemos progresar como individuos y como especie? Ese sigue siendo el gran dilema. Si queda algo de aquella antigua formulación que dividió al mundo en izquierdas y derechas tal vez tenga que ver con esto. No con el número y la forma de los planes sociales o con el tamaño y las atribuciones de los aparatos del Estado, todo eso forma parte de una discusión muy válida acerca de cuál creemos que es el modo más eficiente de organizar una sociedad, pero no dice nada acerca de si confiamos o no en el corazón humano. Si somos capaces de cambiar, si realmente podemos dar el salto que supone entender al otro como una parte de nosotros mismos, entonces cualquier sistema será bueno. Y si no somos capaces, entonces ninguno funcionará. La gran pregunta que debemos hacernos es si creemos que el salto es posible, si creemos que nuestra conciencia es capaz de evolucionar de tal modo que seamos capaces de vislumbrar el hecho de que dañar al otro es dañarnos a nosotros porque el otro es en esencia una parte de nosotros. Eso era lo que estaba detrás del sueño de mis padres, de todos aquellos anhelos de igualdad y de fraternidad. Amaos los unos a los otros. Eso era todo lo que había que entender. Ahí se acaban todas las filosofías y todas las ideologías, todas las teorías y todas las discusiones. ¿Así de fácil? Pues sí. Lo difícil es implementarlo. Mis padres lo entendieron y también muchos antes que ellos. El problema fue que creyeron que con entenderlo bastaba, cuando la comprensión intelectual no representa más que el primer paso en el lento y trabajoso proceso de transformación.

Las experiencias socialistas y comunistas del siglo xx no encarnan el fracaso de las ideas que propugnaban. Encarnan el fracaso del ser humano a la hora de intentar estar a la altura de esas ideas. El paso que dieron mis padres no estaba equivocado, simplemente era el primero. La dirección era la correcta, había que dejar de ser egoístas y empezar a pensar en el otro como en uno mismo. Como idea estaba bien, el problema es que se trataba sólo de eso: de una idea. Una idea que al implementarse se dio de bruces con quienes éramos. ¿Qué fue entonces lo que fracasó, la idea o quienes la llevaron a cabo? Y si lo que fracasó fue quienes la llevaron a cabo, ¿por qué culpamos a la idea en vez de revisarnos a nosotros?

Esa fue la gran lección que la generación de mis padres nos legó: mientras sigamos siendo los mismos no podemos esperar que el mundo sea diferente, porque somos nosotros los que damos forma al mundo. Si de verdad queremos producir un cambio, lo primero que tenemos que hacer es empezar por nosotros. Y empezar por nosotros significa cada uno consigo mismo. No se trata de andar convenciendo a nadie ni de andar apuntándonos con dedo acusatorio. No se trata de buscar culpables de puertas para afuera. Este mundo no es culpa de los negros ni de los blancos ni de los obreros ni de los empresarios ni de los hombres ni de las mujeres ni de los musulmanes ni de los cristianos. Es culpa de los seres humanos. Somos nosotros los que dimos forma al mundo tal y como lo conocemos, y lo único que podemos hacer si queremos modificarlo —lo más simple y lo más difícil— es modificarnos a nosotros. La pregunta es si estamos dispuestos a llevar a cabo el enorme esfuerzo que eso implica. Porque seguir yendo a la plaza a gritar consignas revolucionarias y a enarbolar banderas con estrellas funciona muy bien como desahogo, pero cuando volvemos a casa seguimos siendo los mismos. Y seguimos haciendo lo mismo. Y el mundo sigue siendo el mismo. La gran pregunta sigue siendo si creemos o no en el corazón humano y si estamos dispuestos a hacer lo necesario para ayudarlo a cambiar. El propio, no el del vecino. Y ahora, no en algún momento. Llevamos siglos contándonos historias de héroes que luchan contra enemigos externos y que tratan de provocar el cambio afectando a factores externos, cuando el reto que tenemos por delante es el de nuestra propia transformación. ¿Que se trata de una quimera? Puede ser. ¿Que el trabajo es demasiado lento e incierto y no hay ninguna garantía de éxito? No lo voy a negar. Pero una cosa es segura: no nos queda otra alternativa. Y es difícil y es ingrato y no nos hace aparecer como héroes. Al contrario. Nos obliga a la vergüenza de revolcarnos en nuestras miserias. Pero es nuestra única esperanza. El campo de batalla queda hoy en nuestro interior.

22

En septiembre de 1998, un año después de que mi periplo ruso acabara en Londres de aquella manera tan accidentada, el general Augusto Pinochet visitó la capital inglesa acompañado de uno de sus nietos para someterse a una operación de hernia discal lumbar. Hacía casi una década que había dejado el poder, pero aún conservaba los fueros de senador vitalicio que la constitución que él mismo había mandado a redactar le concedían, además de la inmunidad diplomática que le confería el hecho de haber detentado el cargo de jefe de Estado. La ocasión, sin embargo, fue aprovechada por el juez español Baltasar Garzón para girar una orden de detención a la justicia inglesa, imputando al exdictador los cargos de tortura y genocidio, bajo el argumento de que la inmunidad diplomática no puede evitar ser juzgado cuando se han cometido crímenes de lesa humanidad. El juez Garzón perseguía esta causa desde el año 1996, basando la acusación en la desaparición de seis ciudadanos españoles que había tenido lugar en Chile durante los años de la dictadura del general Pinochet. El primero de estos casos que posibilitaron dicha denuncia —y el más sonado por tratarse de un funcionario de las Naciones Unidas— fue el de quien nos llevó a las cabañas de Emilio Hermansen en Maitencillo allá por 1975, el amigo de mi padre y militante comunista Carmelo Soria.

El procesamiento a Pinochet suscitó la atención del mundo entero. En apenas dos o tres semanas centenares de víctimas acudieron a Madrid desde Chile y desde otros países para aportar sus datos y declarar ante la justicia española. La detención de Pinochet se produjo el 16 de octubre de 1998. El 26 de ese mismo mes comenzó en Londres el juicio de apelación contra su detención preventiva. El 28 de octubre el Alto Tribunal Británico declaró ilegal la detención de Pinochet y le concedió la inmunidad como antiguo jefe de Estado. El 30, la Audiencia Nacional Española ratificó que la Judicatura de España era jurídicamente competente para juzgar al exmandatario, y en los días siguientes la fiscalía de París y el Tribunal Supremo de Alemania enviaron a Londres sendas peticiones de arresto provisional contra el exgeneral. El día 4 de noviembre, cinco jueces de la Comisión Judicial de la Cámara de los Lores iniciaron la audiencia para estudiar el recurso del fiscal en contra del reconocimiento de inmunidad soberana.

El fallo de esta audiencia fue transmitido por televisión y seguido desde los lugares más recónditos del planeta el día 25 de noviembre de 1998. De los cinco jueces que intervenían en la audiencia había dos que apoyaban la inmunidad de Pinochet y dos que la rechazaban. Fue el quinto juez, lord Nicholls, quien inclinó la balanza. Es inconcebible, dijo en su alegato, que la tortura de los propios súbditos y de ciudadanos extranjeros pueda ser interpretada por el derecho internacional como la función normal de un jefe de Estado, y por lo tanto, por tres votos contra dos, fue levantada la inmunidad al general Pinochet. Quedaba abierta la puerta para que fuera extraditado y juzgado por crímenes contra la humanidad. Los vericuetos legales y políticos hicieron que casi un año más tarde fuera repatriado a Chile porque, según el Ministerio de Interior británico, su condición de salud y su avanzada edad no hacían posible el juicio. Nadie nos quita, sin embargo, a los que vivimos el momento, la satisfacción de que pública y universalmente se lo reconociera como un asesino. La decisión por la cual no se le reconocía la inmunidad a Augusto Pinochet significó un valioso precedente y marcó un antes y un después en el derecho internacional. Fue la primera vez que se estableció que un exjefe de Estado no tenía inmunidad ante crímenes como la tortura y el genocidio. La detención de Pinochet aportó la certeza de que era posible establecer alianzas internacionales para perseguir a los responsables en este tipo de delitos. A partir del caso Pinochet, el principio de justicia universal ha servido para llevar ante la ley a altos funcionarios y a militares de distintos países, posibilitando la apertura de más de cien juicios contra violadores de los derechos humanos alrededor del mundo en los últimos veinte años. Yo vivía en Buenos Aires cuando aquello ocurrió. No voy a olvidar el sabor de las lágrimas que bajaron por mi garganta ese día de noviembre de 1998. Según fuentes de la embajada chilena en Londres, al enterarse de que la inmunidad le era revocada, Pinochet también lloró como un niño.

Por esos días tuve un sueño que involucraba al general Pinochet. Estaba yo de pie frente al edificio de la Cámara de los Lores, entre la multitud que esperaba el fallo, y a escasos centímetros lo tenía a él acompañado de uno de sus guardaespaldas. Atado al cinturón del guardaespaldas, al alcance de mi mano, asomaba la funda del revólver que éste portaba. No tenía seguro. Con un solo movimiento podía hacerme con él. «Si llegan a dejarlo libre —pensé—, agarro el revólver y le pego un tiro.» El movimiento era sencillo, no presentaba más complicaciones que la frialdad necesaria para su ejecución. Después ya podían detenerme y meterme en la cárcel, pero habría librado al mundo de ese individuo. En ese momento salió al balcón del edificio la persona encargada de anunciar el fallo. Muerto de miedo y de manera instintiva, sin siquiera saber quién era yo, Pinochet me tomó la mano y me la apretó con fuerza. Su destino se decidía en ese instante y la más humana de las emociones se apoderó de él. El gesto me anuló. «Dios mío —pensé—, es un viejito asustado.»

Pinochet murió en el año 2006. No me alegré cuando ocurrió. No me malentiendan, no sentía por él ningún aprecio, de hecho casi prefería que no estuviera en el mundo, pero tampoco me provocaba ninguna alegría que se fuera. Yo ya vivía en España por ese entonces y me sorprendió ver el modo en que mis amigos españoles sí se alegraban y me felicitaban efusivamente, como si para ellos significara algo más que una noticia en el periódico, una noticia cuyo significado seguramente no entendían del todo, como tampoco podían entender el peso que su figura había tenido en la historia de un país cuya realidad les resultaba completamente ajena. ¿Por qué se alegraban entonces? ¿Cuál era el impulso de justicia o de triunfo que alimentaba esa alegría que a mí me resultaba tan abstracta? No había lugar para la alegría en mi vida ni por lo bueno ni por lo malo que pudiera ocurrirle a ese individuo. Lo más parecido que podía sentir era que estaba bien que el capítulo se hubiera terminado. Pero en el fondo era consciente de que nada se terminaba realmente, porque no es de aquellos que supuestamente encarnan el mal de lo que debemos librarnos si queremos que el bien triunfe, sino de la porción de mal que cada uno alberga en su interior, y que en cualquier momento y ante la menor distracción está esperando para aflorar.

Éramos muy brutos, dice mi madre. Cuando subió Fidel estábamos tan entusiasmados que si nos decían que mataba gente nosotros lo negábamos. O peor, decíamos que estaba bien porque había que defender la revolución. En el fondo lo aceptábamos. Sabíamos que se mataba gente y lo aceptábamos. El tema de los derechos humanos en ese momento no lo teníamos en cuenta. Lo empezamos a valorar cuando llegaron las dictaduras acá y empezamos a ver lo que era. Uno le reclama a la gente que defiende a Pinochet pero en el fondo si defendés a Fidel o a Stalin estás haciendo lo mismo. Volver a la Argentina fue fundamental para entender lo que era una democracia y valorarla a fondo. Cuando subió Alfonsín y lanzó los juicios contra los militares yo lo valoré muchísimo. Y cuando se armó el intento de golpe en la Semana Santa del ochenta y siete con tu papá nos fuimos a la plaza. Les dijimos a tu hermano y a vos que se quedaran en casa, les dejamos comida y nos fuimos a Plaza de Mayo y nos quedamos ahí hasta que Alfonsín salió al balcón y dijo que todo había pasado. Me acuerdo que era domingo y que llovía muchísimo y que estuvimos ahí durante horas con los pies en el barro, poniendo el corazón, decididos a no movernos aunque vinieran los tanques. «Otra vez no», pensábamos. No lo podíamos aguantar. Había que estar ahí y poner el cuerpito en lo que se pudiera. Un poco lo que pasó en Moscú en el año noventa y uno. No queríamos más militares. Ni de izquierda ni de derecha. Por eso me parece tan mal cuando la supuesta izquierda defiende los derechos humanos de un lado y no los del otro. Y si están en la cárcel y son viejos y están enfermos que se jodan. Eso no está bien. En Argentina si tenés setenta y cinco años y estás enfermo tenés derecho a prisión domiciliaria, y con los militares eso no pasó. Se murieron en las peores condiciones, sin atención médica, en celdas comunes, tipos que no podían ni caminar. Eso no es justicia, eso es venganza. Por más torturadores que hayan sido, eso no puede ser. Yo apoyé activamente los movimientos que defendían los derechos de los militares golpistas, porque si defendés los derechos humanos defendés los derechos de todos los humanos. No los de unos sí y los de otros no. Porque si no, te convertís en lo mismo. Y no lo digo yo, lo dice gente que perdió familiares en la dictadura. Tengo una amiga que tiene un hijo desaparecido. Le costó muchísimos años, y ni siquiera sabe cómo lo consiguió, pero después de mucho tiempo fue capaz de perdonar. Hoy defiende los derechos de los militares encarcelados. Los mismos que mataron a su hijo. Eso yo lo valoro muchísimo.

Cuando detuvieron a Pinochet en Londres a mí la verdad es que no me significó mucho, me dice mi padre. Yo ya había cerrado ese ciclo. Y no me había quedado con ninguna sed de venganza. Entre otras cosas porque no creo que haya sido por culpa de ellos que la cosa no funcionó. Como te digo, yo ya había cerrado ese capítulo. Mitad por frustración y mitad por decepción, pero ya lo había cerrado. Y la verdad es que no tengo a quien reclamarle nada. A las circunstancias, en todo caso. A que seamos como somos. En algún momento creí que la gente era mejor de lo que es. Eso que pasaba dentro del partido, que el individuo se sacrificara por el bien de la estructura, en algún momento creí que era posible trasladarlo a la sociedad. Te digo más, estaba más o menos convencido de que en el mundo socialista eso ya pasaba. Gran parte del desencanto fue entender que no era así. Como en el tango, «verás que todo es mentira, verás que nada es amor, que al mundo nada le importa, yira, yira…». Y de los Pinochet y los Videla, ¿qué pienso? Lo mismo que del tipo que viola a una chica. ¿Es un mal tipo? ¿Es un enfermo? Qué se yo. Lo que sí te puedo decir es que no eran ellos solos, sino que respondían a un clamor popular. En Chile, que es donde me tocó vivir todo el proceso más de cerca, había todo un pueblo pidiéndole al ejército que hiciera lo que hizo. Por ahí no todas las barbaridades que vinieron después, pero tanto en Chile como en Argentina había un montón de gente pidiendo que pasara lo que pasó. Y no eran personas individuales, eran grupos de personas, y grupos muy grandes que abarcaban una gran parte de un país, y que no creo que pensaran cosas muy distintas de las que después pasaron. Cosas del tipo «hay que matar a estos hijos de puta». Hay que tener mucho cuidado con ese tipo de pensamiento porque basta que se junte con las circunstancias adecuadas para que se haga real. Yo creo que muchos lo pensaban así, y lo más probable era que lo sintieran casi como en defensa propia. Se sentían ofendidos o creían que había que defenderse. Y lo veían lícito. En el fondo no hay ninguna diferencia con lo que hacía Stalin. Puede haberla para mí, en el sentido de que, si Stalin se lo creía, lo estaba haciendo en nombre de unos valores que yo comparto más. Pero los comparto porque me gustan más y no tienen por qué ser mejores que los de nadie. Y por supuesto que no resulta lícito tratar de imponerlos de esa manera. Pero sacando las barbaridades, a mí me parece comprensible que la gente defienda sus intereses. Si para eso dicen que hay que matar a alguien ahí ya no, pero si no, me parece comprensible que lo hagan. Es muy curioso cuando alguien decide defender a alguien que mata. No quiere decir necesariamente que sea una mala persona. Puede ser porque se sintió amenazado, porque no entendió lo que pasaba, porque tiene resentimientos. A lo mejor si uno pudiera conocer esas diferencias tendría una idea distinta de cada uno, no lo sé. Juzgar es siempre muy difícil. Pero no estoy enojado, si es a eso a lo que te referís. Un poco porque estoy viejo y otro poco porque estoy tratando de entender, y si querés entender tenés que tratar de no enojarte, porque si no no entendés nada.

¿Que por qué no funcionó lo del hombre nuevo? Porque era un cuento chino, me dice mi madre, al menos entendido como lo entendíamos. Es absurdo creer que porque cambien los modos de producción el ser humano va a ser diferente. Si el socialismo se hubiera llevado a cabo con limpieza y con conciencia y no hubiera habido corrupción y los de arriba no se hubieran quedado con lo que no era de ellos, si todo se hubiera hecho como tenía que hacerse y la dictadura del proletariado hubiera conseguido dar el poder al pueblo y se hubieran nacionalizado con éxito los medios de producción, ¿por qué íbamos a pensar que todo eso hubiera repercutido en que la persona individual fuera menos codiciosa? ¿Por qué ese ser libre que ya no iba a tener que trabajar de sol a sol para ganarse el pan iba dedicar el tiempo al arte y a la poesía? Lo más probable es que siguiera queriendo comprarse los pantalones de contrabando, no el último libro de Walt Whitman. Las personas tienen adentro cosas mejores y cosas peores, y es cierto que según las circunstancias se puede favorecer que asomen más unas que otras. Hay mundos que fomentan lo peor de las personas. El mayor consumo, la mayor estupidez, el mayor individualismo, el mayor egoísmo. Hay otros mundos que fomentan que las personas sean un poco más solidarias. Pero no se trata del socialismo o del capitalismo, sino de cosas más profundas. En la antigua Grecia había codicia y se mataba por codicia, y no era culpa del capitalismo. Se trata de que la vida sea un poco más respetuosa para todos. Y en eso el socialismo no ha demostrado ser la respuesta.

Yo quiero creer que en el comienzo de las dictaduras de izquierda hubo algo diferente, me dice mi padre, unas ganas diferentes, unas motivaciones diferentes que después terminaron convirtiéndose en lo mismo. Por ejemplo, Fidel Castro. Una posibilidad es que el tipo realmente creyera en ese mundo igualitario que había que construir. Ahora, como la gente no estaba preparada para eso, si se desbandaban había que enderezarlos, y para eso valían la represión y el asesinato. Y ahí la cosa se torcía. Pero tampoco descarto que Pinochet creyera en lo que estaba haciendo. La diferencia estaba en el mundo que cada uno quería construir. Yo evidentemente comparto más el mundo que querían los de izquierda, un mundo sin desigualdades, sin injusticias, sin explotaciones. Evidentemente me cae más simpática esa idea que la del que lucha por mantener los intereses de los ricos, pero al final las deformaciones y los oportunismos y las prepotencias y la falta de respeto por la vida los termina igualando. Al final el problema sigue siendo el ser humano.

¿Si hemos aprendido algo? Depende. Algunos sí y otros no. Como humanidad más bien parece que no. Pero yo no pierdo la esperanza. No sé cuánto hay de deseo y cuanto de convicción, pero todavía creo que el ser humano puede hacerlo mejor. Te digo más, no solamente creo que puede, sino que si no lo hace todo esto se va al carajo. Así como está, no se aguanta, con todos consumiendo y remando cada uno para su lado. Porque la raíz del problema pasa bastante por ahí. Mientras exista la competitividad y el prestigio y todo eso entonces no hay arreglo. Pero yo tengo esperanzas de que pueda ser distinto. No sé, como te digo, cuánto hay de deseo en eso. Y seguramente el cambio tiene que venir con un cambio económico, porque si sigue en pie esto del dinero y de la publicidad para que todos los años cambies el coche, si todo eso sigue igual va a seguir habiendo muchos más de los que se compran el coche que de los que no. Supongo que es como el huevo y la gallina, que una cosa lleva a la otra. Y no sé por cuál hay que empezar. Pero confío en que puede cambiar. Tiene que cambiar. Más por necesidad que por otra cosa. No creo que un día nos levantemos y pensemos «pero qué tontos, cómo hacíamos las cosas, ahora las vamos a hacer diferente». Creo que lo vamos a hacer porque no nos va a quedar otra. Porque esto así no se aguanta. Este quilombo lo armamos entre todos y entre todos lo tenemos que arreglar.

23

El año pasado viajamos con mi padre a Azcuénaga, el pueblo que lo vio nacer. A las dos calles que tenía por ese entonces se le agregaron otras dos, también de tierra. El tren ya no para en la estación y el edificio está semiderruido. Ni el jefe ni sus dos hijos viven ya en él. No hay hoteles donde hospedarse, pero conseguimos que una mujer nos alquilara una habitación para pasar ahí la noche. Hacía más de setenta años que mi padre no dormía bajo ese cielo. Visitamos lo que fueron los galpones de la casa Terrén y el rancho en el que transcurrió su infancia. Con cada persona que se cruzaba, mi padre se saludaba y se presentaba. Algunos sabían quién era. Nos enteramos de que la hija del contador, esa con la que mi padre se había encaprichado de niño, aún vivía ahí. Alguna vez a lo largo de los años habían tenido algún contacto y ella al verlo lo reconoció. Nos invitó a tomar mate a su casa y allí nos pasamos la tarde, con ella y con su hija de sesenta y cinco años, recordando viejas historias y riendo entre los cantos de los pájaros y de las cigarras. Visitamos el pueblo donde mi padre asistió a la academia Pitman y ese otro en el que mi abuelo se trataba de su afección al corazón. Ambos guardamos un cálido recuerdo de los días compartidos.

Hace un par de meses mi madre vino a visitarme a Barcelona y decidimos ir a Mallorca, de donde proviene su familia paterna. Me confesó que siempre había creído que se moriría sin conocerla. Por una carta que mi bisabuelo le escribió a su hermano —y que encontré en el departamento de mi tía en Río de Janeiro— teníamos la dirección de la casa familiar: calle del Mar número 10. El edificio original ya no existe, pero gran parte del recorrido se conserva como en ese entonces, en el barrio de la Lonja, en pleno casco antiguo de Palma. En el último tiempo mi madre se ha dedicado a atender las solicitudes de algunos investigadores que querían rastrear en la correspondencia que sus tías mantuvieron con los amigos escritores y pintores algunos datos que les ayudaran a reconstruir la vida artística de la época. Eso la ha puesto en contacto con toda la herencia inmaterial de su propia historia. Visitamos el hotel en el que su tía Blanca y Miguel Ángel Asturias pasaban largas temporadas en la época final de sus vidas, y nos hicimos una foto junto al busto de él que aún se conserva en el jardín. En el camino le conté de este libro que estaba escribiendo y la idea la hizo feliz.

Todos los libros tienen una historia. No la que cuentan sus páginas, sino la del propio libro. El día en que fue engendrado, las notas que fuimos tomando mientras imaginábamos su recorrido, los desvelos y las revelaciones a los que su escritura nos condujo. En este caso, sin embargo, todo el peso se lo llevan las conversaciones mantenidas con mis padres, pero no voy a hablar de ello por dos motivos. El primero es que no soy capaz de reflejarlas con justicia. El segundo es que no sé a quién podría interesar esa serie de detalles que probablemente no significan nada salvo que sean vistos a través de mis ojos. Sólo diré que los vi. Que a lo largo de esas charlas y de esos viajes en el tiempo y la memoria —y por primera vez en mi vida— los vi. En sus silencios, en el modo en que buceaban en los recuerdos a la hora de buscar una respuesta, en el gesto de sus manos revolviendo el café y arrugando la servilleta mientras repasaban sus vidas, en el deambular de sus ojos por el tiempo y sus verdades, en esas hermosas arrugas de sus rostros, los vi. Y al verlos comprendí —de alguna extraña manera— que las personas no nos acabamos en la piel ni en la muerte, sino que estamos todos en todos, como yo estoy en ellos y ellos están en mí. De todas esas horas, de todas esas palabras, me quedo con sus rostros. Los rostros de Omar y de Lolita.

Soy rojo y no por ideología. Soy rojo porque esta es mi historia y uno no puede renegar de su historia como no puede renegar de su sangre ni del sitio que lo vio nacer. Podemos pensar muchas cosas al respecto, podemos enojarnos e irnos lejos, pero no podemos negarla porque es lo que nos constituye, lo que nos hace ser quienes somos, y en este caso tiene que ver con un rincón del cono sur, con una casa frente a un río, con una playa del Pacífico, con un camino de cabras que trepa por la cordillera, con la vastedad de La Pampa y su cielo estrellado, con un coche que la atraviesa azotado por las tormentas, con un sur interminable de lagos y de montañas vírgenes, con una biografía revuelta de sueños y de revoluciones, con las muchedumbres de América y su destino de sangre, con esa esperanza inmensa que ata el Pacífico con el Atlántico. Allí fue donde mis ojos vieron el mundo por primera vez, donde los ríos se grabaron como torrentes en mis venas. Fueron esas las tierras en las que me crie y forman parte de mí como un abanico de geografías que moldearon mi forma de ser.

Pero más allá de que esa haya sido mi cuna, soy rojo porque creo en la herencia que me legaron, y que no tiene que ver con adscribir a consignas revolucionarias ni con votar partidos de izquierda —sea lo que sea lo que eso signifique hoy en día—. Ni siquiera con tener una inclinación natural hacia los planes sociales o la redistribución de la riqueza, sino con algo más profundo. Soy rojo porque creo que la comunión de los hombres sigue siendo el objetivo. Porque no pienso que el hecho de que los primeros intentos fallaran significa necesariamente que los que vienen vayan a fallar. Soy rojo, sobre todo, porque no nos queda alternativa. Porque o conseguimos hacerlo distinto o nuestra historia llega hasta acá. Y por supuesto que de todos modos nos vamos a extinguir un día. Y por supuesto que al universo eso no le supone un problema. Pero si vinimos a esta tierra a aprender —y yo quiero creer que fue a eso a lo que vinimos— no me gustaría irme sin al menos haberlo intentado. Por dignidad y por belleza. Por orgullo bien entendido. Por medirse contra lo eterno y no contra el día de mañana. Por creer que vale la pena. Por saber que no da lo mismo. Por sentir que no está perdido y por pensar que, si lo estuviera, igual lo tendríamos que intentar. Por tozudez y por compromiso. Por no desconocer el peso de cada granito de arena. Por abrazar la distancia entre el primer segundo y el infinito. Porque aunque el mundo se ponga negro, el único camino vivible sigue siendo el de la rojedad.

7-14-21
MEYER
O